北の麦酒《ビール》ザムライ

日本初に挑戦した薩摩藩士

池永　陽

集英社文庫

目次

北の麦酒《ビール》ザムライ

日本初に挑戦した薩摩藩士

一　箍《たが》の外れる男

明治二十五（一八九二）年——初夏。

船荷の積みおろし作業を終えた志方源吾《しかたげんご》は、同じ仲仕《なかしゅ》仲間で刎頸《ふんけい》の友ともいえる、村《むら》橋久成《はしひさなり》と二人で安酒を飲んでいた。

ちょうど神戸港につづく倉庫群の裏筋にある『さのや』という煮売屋で、むろん客筋は金のない者ばかりである。

「薄いだなし。長岡《ながおか》の味に較《くら》べて、やっぱり神戸の味はの」

大根の煮つけを口に放りこみながら、志方はぼそっという。

「薄いだけじゃねえよ。甘さも、ちいと足りもはん。これもまあ、薩摩《さつま》の味と較べてのことじゃけんどな」

久成もぼそっとした調子で答える。

「札幌の味と較べたらどうじゃろなあ、久成さ」

大ぶりの猪口《ちょこ》の酒を、志方はぐいと飲む。

「蝦夷地《えぞち》の味は概して濃いほうじゃの。薄味では、あの寒さは乗りきれんけんの」

久成の目が宙を泳いだ。

あれは何かを想《おも》い出している目だ。

おそらくは蝦夷地のホップ畑――今、久成の目の奥は青々と茂った、ホップの葉一色に染まっているに違いない。

「久成さ、札幌には本当にもう、帰らねえつもりなのかなし」

できる限り優しい声で訊《き》いた。

「帰らねえすな」

ぽつんと久成はいい、

「札幌にも東京にも薩摩にも、おいには帰る場所などひとつもないけんの」

自分にいい聞かせるように呟《つぶや》いた。

「だけんじょが、東京には元首相の黒田清隆《くろだきよたか》を始めとする偉いさんもいるかんに。黒田は久成さの幼馴染《おさななじ》みで上司だった人じゃろうに。久成さのいる場所ぐらいは、ちゃんと用意してくれるんじゃないだべか」

いたわるようにいった。

「黒田の了介《りようすけ》か――おいは、あの男とは馬が合わん。あの男は権勢欲の権化のようなもんたい。上に立つもんはそうじゃねえと務まらんかもしれんが、おいには理解できん性格じゃけん」

　久成はきっぱりといいきった。

「相変らず、融通がきかんのう、久成さは。不器用じゃのう」

　ほんの少し志方は笑った。

「不器用はお互い様じゃ――おいも源吾さも世の中からは弾《はじ》き飛ばされた身。今更、戻る場所なんぞ、どこにもなあ。それに……」

　久成の大きな目が、志方の顔をぎょろりと睨《にら》んだ。

「おいのこれまでの生き様は、源吾さにすべて話しもした。源吾さは、おいのすべてを知っておりもす。おいは、それで充分じゃ。たった一人でも、おいの生き様を知ってくれている人間がいれば、それでいい。本望ちゅうもんたい」

　一気にいって猪口の酒を喉の奥に流しこむように飲んだ。

「そこまでいわれれば、わしも本望だべ。尾羽打ち枯らした、このわしによ。とはいっても所詮は越後《えちご》長岡の人斬《ひとき》りだけんじょがのう」

　自嘲するように志方はいい、大根を乱暴に箸で引きちぎって口に入れた。

「慣れたべな、この薄味にも」

　かすかにうなずくと、

「それはそうじゃ。おはんもおいも、この地に流れてきてかなりの年月。食いもんの味にも貧乏の味にも慣れるわさ。何年も一緒にいれば、不倶戴天《ふぐたいてん》の仇敵《きゅうてき》にもな」

久成がふわっと笑い、つられて志方も両頰を崩す。

「そうそう、長岡藩は北上してくる薩長《さっちょう》には酷《ひど》い目にあわされとるかんの。奥羽越列《おううえつれつ》藩同盟《ばんどうめい》での軍《いくさ》はむろん、わしの場合は箱館《はこだて》戦争での五稜郭《ごりょうかく》においてもな」

志方は表情を真顔に戻していった。

大勢の人間が死んでいた。笑いながら口にできることではなかった。

「おいが、加治木《かじき》砲隊の軍目付《いくさめつけ》で、源吾さが榎本武揚《えのもとたけあき》軍の斬込み隊長――どこかで刃《やいば》を交えていたかもしれん、間柄じゃやけんのう。それが今では、刎頸の友……世の中、わからんもんじゃのう」

久成もしみじみとした口調でいった。

「二人とも、貧乏人そのものもんじゃったのが、幸いしたかもしれんべな」

志方は手酌で猪口に酒を満たす。

「そうたいのう。金も名誉も権威も何にもなし。何もかもがつるんと滑り落ちた、放心状態。よかたいね、これは。放心状態とは正に無欲そのもの、無防備そのものじゃけん、一時は反目していたけんが――」

久成はぷつんと言葉を切る。

「いつのまにかのう」

小さな吐息を志方はもらす。

「弱い者同士の負け犬同士じゃ。心に通じるものがあったんじゃろな。しかしじゃ、あの折りの勝負はまだついておらんたいね。分けのままたいね」

「おう、それそれ」

志方は思わず身を乗り出し、

「そろそろかの、あの折りの結着は」

静かすぎるほどの声でいって、背筋を伸ばした。


志方源吾が元薩摩藩士の村橋久成に初めて会ったのは、五年前の冬のことだった。

仲仕の仕事を終えて一杯やり、ねぐらである湊川《みなとがわ》神社裏の長屋に戻ろうと歩いていると、道脇の商家の前にうずくまっている人影が目に入った。時刻は夜五つ（午後八時ごろ）になろうとしていた。

行き倒れのようだったが、当節こうした類いは珍しくない。皆が貧しく、皆が苦しい時代だった。

そう思いつつも、志方は軒下にうずくまる人影に近づいた。襤褸《ぼろ》をまとった中年体《てい》の男で右手を懐に入れ、左手を路上に投げ出して商家の壁にもたれかかっている。

「おい、どうした。しっかりするべ。どこが悪いだなし」

肩を揺さぶったが反応はない。

月明りのなかで顔を見ると、伸ばし放題の髪から覗《のぞ》く鬢《びん》のあたりが禿《は》げている。剣術の稽古の際にできる面擦れだ。となると、この男は元武士——そんな思いで投げ出された左手に目をやると竹刀《しない》ダコが残っていた。この男は自分と同じ、武士の成れの果て。維新の犠牲者だ。

「しっかりするべ、おいっ」

耳許《みみもと》で叫んだ。

男の体がわずかに動いた。

志方は肺活を入れるように男の背中を、ごつい右手でどんと突いた。男がうめき声をあげた。どうやら、意識は戻ってきたようだが、さて……。

志方は男の体をさらに揺さぶり、

「どこへ連れていけばいいだべか。遠慮なくもうせ。お主、名はなんというのだ。どこの者だべか」

志方の声に男の口がわずかに開いた。何やらいおうとしているようだ。志方は耳を男の口許に持っていった。

「このままで、けっこうたい、おいはこのままで」

途切れ途切れにいった。

志方の胸がざわっと鳴った。

薩摩なまりの言葉だった。ということは、この男は薩摩っぽ。維新の犠牲者ではなく、犠牲を強いた側の人間だ。志方は自分の体がすうっと冷えていくのを感じた。

そういうことなら長居は無用、志方の両手が男の体から離れた。男の体が商家の壁にぶつかった。そのはずみで懐に入っていた男の右手が外に飛び出した。何かを握っていた。

志方の両目が男の右手を凝視する。

握っているのは短刀だ。

志方の右手がついと伸びて、男の右手に向かう。握りこむ力もないのか、短刀は簡単に志方の手に移った。

黒塗りの頑丈な拵《こしら》えで、ずしりとした重さが手に伝わった。鯉口《こいぐち》を切って、ゆっくりと抜いてみる。厚重ねで反りのほとんどない刀身が月明りのなか、青白い輝きを放っていた。

志方は刀身を舐《な》めるように見る。

「これは、同田貫正国《どうたぬきまさくに》……」

吐息まじりの声がもれた。

同田貫一門の打つ刀は戦場で用いる実戦刀がほとんどで、切れ味は群を抜くといわれている。この短刀も厚重ねの姿は無骨だが、頑丈さと剃刀《かみそり》のように鋭い刃は実戦刀そのものといえ、短刀というよりは鎧通《よろいどお》しといったほうがいいのかもしれない。

「こんなものを懐にしているとは」

志方は声に出していってから、

「いざというときの、自決用か」

胸のなかだけで呟く。

このとき、志方の胸の奥で何かが、のそりと動いた。意味不明の何かだったが、志方の思考はぐらりと揺らいだ。

「連れて帰るか、取りあえずはの」

独り言のようにいって男の懐に短刀を戻すと、太い両腕を男の脇と腰のあたりにそえ、一気に肩の上に担ぎあげた。両足でどんと踏んばり、人通りのない道を歩き出した。

医者の診立《みた》てでは、体が衰弱しているだけで臓腑《ぞうふ》に異常は見当たらず——それならということで、とにかく数日は安静にして寝かせておいた。食べ物は重湯から始めて、おかゆの類に移しながら様子を見た。男は一言も喋《しゃべ》らず、志方の介護にすべてを委ねて従った。

男が初めて口を開いたのは、十日ほど後だった。

煎餅《せんべい》布団の上に上半身をよろよろと起こしてから、体を両手で支えて正座した。

「かたじけない。誠にもって、かたじけのうござる」

掛布団の上に突っ伏すようにして頭を下げた。

「おいは村橋久成と申す、世捨て人でござる。ご貴殿のおかげによって、軽い命ではありもすが拾うことができ、心より御礼申しあげる」

布団に両手をついたまま、村橋久成と名乗った男は丁寧に武家言葉で礼を述べたが、所詮は薩摩っぽである。

「村橋殿とやら、それがしは人として当然のことをしただけのこと。そのように仰々しく頭を下げられては却《かえ》って迷惑千万。まずは頭を上げられい」

世捨て人という言葉が気にかかったが志方は仏頂面でいい、

「挨拶が遅れもうしたが、それがしは奥羽越列藩同盟、元長岡藩士の志方源吾と申す、あぶれ者。薩長による非道な維新の荒波によって、ここまで流れてきた武士の成れの果てでござるよ」

武家言葉で応じながら、強烈な皮肉を村橋にぶつけた。

「これは困りもした。実に困りもした。いったい志方殿に、どのような言葉を並べて謝罪したらいいものなのか」

久成は本当に困った表情を顔に浮べた。

「やはり村橋殿は政府側の人間でござったか。御国訛《おくになま》りから薩摩の御仁と見当はつけておりもうしたが、やはりの」

志方はちょっと言葉を切り、わずかに笑みを浮べて口を開いた。

「して、村橋殿は薩摩藩では、どのような立場におられた方なのかの」

相手は襤褸をまとった行き倒れである。大した言葉は返ってこないものと高を括《くく》っていた志方の耳に信じられない言葉が響いた。

「いちおうは、島津《しまづ》家の分家でござる」

島津家とは薩摩の藩主である。

とんでもない言葉が返ってきた。

村橋久成の家は薩摩島津家の流れをくむ、加治木島津家の分家で行く行くは家老職を継ぐ家系だということだった。とたんに志方の眉が曇った。

要するにこいつは上士《じょうし》のなかの上士の家柄なのだ。

志方の家は越後長岡藩の無役の軽輩で、十俵二人扶持《ぶち》。父親はすでに他界していたが、老母と妻、そして三歳になる娘、尚《なお》との暮しさえ維持するのも困難な状態だった。

しかし志方の藩に対する忠誠心は強く、名家老を謳《うた》われた河井継之助《かわいつぎのすけ》の下、迫りくる薩長軍に対し何度も斬込み隊の長として夜襲をかけた。

下士《かし》ではあったが腕に覚えはあった。

それを見込まれての斬込み隊の長だった。

朝日山《あさひやま》の戦いを皮切りに、榎峠《えのきとうげ》での斬込み、今町《いままち》での攻防……志方は斬りに斬った。

すべては藩のため、そして家族のためだった。

人斬り源吾——志方の異名だった。

長岡城が落城したのは慶応《けいおう》四（一八六八）年の七月十九日だったが、二十五日にはこれを取り戻す。しかし、二十九日に再び落城。河井継之助も弾丸に倒れ、長岡の町は焦土と化した。

志方は血刀を手に町外れにある我が家に急いだ。家族が心配だった。粗末な藁屋《わらや》に飛びこむと、奥の間に三つの体が横たわっていた。

血のにおいが顔を襲った。老母と妻は自らの喉をかき切り、周りは血で溢《あふ》れていたが、三つになる尚の顔は綺麗《きれい》だった。真白だった。おそらく心の臓を妻が懐剣で一突き——その上に着物を着せて傷口を隠したのだ。

志方は泣いた。

号泣した。

鬼の顔で志方は泣いた。

そしてその後、志方は蝦夷地へ……。

あれから十九年。鬼だった志方は神戸に流れ、沖仲仕として貧しくはあったが争いとは無縁の暮しを送っていた。

　行き倒れの村橋久成に対しても、体が回復すれば、そのまま外に送り出すつもりだった。それが久成の一言でぐらりと揺れた。

　久成は島津家の分家だといった。

　鬼の心が首をもたげた。

「村橋殿――」

　低すぎるほどの声で志方はいった。

　久成の顔を真直《まっす》ぐ見た。

「謝罪にはおよばぬゆえ、体がようなったら、わしと試合《しあ》ってくれぬかの」

　この男を殺したい衝動に志方は駆られていた。むしょうに殺したかった。

「そのために、おいを助けてくれたということでござるか」

　抑揚のない声が返ってきた。

「そうかもしれぬの」

　ぼそりといった。

「なるほど……」

　短く答える久成に、

「真剣といいたいが、あいにくそんな物は売り払ってしまって手許にはない。ゆえに得《え》物《もの》は木太刀《きだち》。これとて頭蓋にきまれば、骨は砕けて死に至る。つまりは真剣同様ということになりもうすが、いかが」

鬼の目で睨みつけた。

かつての人斬りの顔だった。並の人間なら、このひと睨みで体も心も萎縮して逃げ出してしまいそうな眼光だ。さて、この男はいったい何と答えるのか。

「いいですよ」

あっけらかんとした言葉が返ってきた。

意外だった。

久成の顔には恐れも怯《ひる》みもなかった。顔色ひとつ変えなかった。訳がわからなかった。ひょっとしてこの男、愚鈍なのではと考えてみて志方は胸の奥で首を振る。広い額に高い鼻梁《びりょう》、両目は澄みきっている。これは愚鈍な人間の顔ではない。むしろ、その逆だ。となると、いったい。

「その落ちつきよう。薩摩なら示現《じげん》流ということになりもうそうが、お主、よほど腕に自信があるとみえるの」

「薩摩は文武両道の気運の高い地域。おいも物心ついたときから木刀で立木を打ちつづけてきもしたが、剣の筋はいいほうではありもさなんだ。習得したのは薬丸《やくまる》自顕《じげん》流でござるが、いざ試合になるとぽんぽん打ちこまれて頭を抱えたものでござる」

嘘《うそ》か本当かわからないことを久成はいうが、志方には正直な話のように聞こえた。となると、どういうことなのか。

淡々と答える久成に、

「お主まさか、最初から死ぬつもりではなかろうな。死ぬつもりの相手と試合うのは、ごめんこうむりたいからの」

志方は思わず声を荒らげた。

「おいは人の手にかかって命を落とす気は、さらさらござらぬ。おいが死ぬなら、やはり、のたれ死に……」

久成はいいながら語尾をのみこみ、

「精一杯、闘うつもりでござるゆえ、心配はご無用に。試合は弱《よお》うても、これでなかなかしぶとうござる」

訳のわからぬことをいった。

「それなら、けっこう」

と志方は声に出すが、この久成という人物……どうにもこうにも、捉え所のない男であることは確かだ。

妙な男――一言でいえばこうなってくる。

「なら、お主の体がようなったらの」

強い口調でいって、

「ついでにいえば、それがしの流儀は上州生まれの馬庭念流《まにわねんりゅう》。少々荒っぽいゆえ、くれぐれも油断なきように」

じろりと睨んだ。

「委細承知――」

久成は何でもない口調で答え、こくりとうなずいた。


久成の体が元に戻ってきたのは、それから十日ほどが過ぎてからだった。

その間、久成は特段恐縮する素振りも見せず、淡々と志方の介護を受けた。真偽はわからぬが、久成は志方を気に入ったような様子が窺《うかが》えた。殺し合いをつきつけた志方をだ。どうやら、この村橋久成という男、常人とはかなり違った神経の持主のようだ。

この十日ほどの間、二人はほとんど言葉をかわしていない。無言で接し、無言で応じる。これが二人のここまでの生活だった。かといって、志方は別としても久成の機嫌がよくないということでもない。あくまでも淡々と淡々と――これが村橋久成という人間の生き方のようにも見えた。

満月の夜だった。

志方と久成は殺し合いをするために、神戸港につづく倉庫と倉庫の間にいた。二人が手にしているのは、荷物を担ぐための天秤棒《てんびんぼう》を二つに折って木太刀代りにしたものだ。

「すまぬな。銭がのうて、ちゃんとした木太刀が手に入らなんだゆえにな」

申しわけなさそうにいう志方に、

「天秤棒、けっこうでござる。物は使いよう、頭は使いよう。こんなこつで文句をいっていたら、罰《ばち》が当たるというもの」

久成は軽く首を振っていった。

「なら、そろそろ始めるとしようかの」

手にした天秤棒の片割れに、びゅっと素振りをくれる志方に、

「その前に、いっておきたいこつがありもす」

久成が真顔で志方の顔を見た。

「先般、おいは自分のことを剣術の筋が悪うて、試合になるとぽんぽん打ちこまれて困ったという話をしもした。あの言葉に嘘はござらぬが、ひとつだけつけ加えておきたい儀がござる」

この男はこの切羽つまったときに何をいっているのか。志方は一瞬呆気《あっけ》にとられた面持ちで久成を見る。

「試合になると相手の速さについていけず、うろうろするおいも最初の打込みだけは別でござる。最初の打込みの一撃だけは、他の誰よりも速《はよ》うて強い」

久成は真直ぐ志方の顔を凝視し、

「つまり、この一撃を止められれば、おいには成す術《すべ》がなくなり、ぽんぽん打ちこまれるという結果になるというもの。これはおそらく、おいの体が単純な動きなら力は充分に発揮できるものの、複雑な動きになるとそれが封じられるということでござろう。簡単にいえば、おいの体は単純動作向き。そういうこつになりもす」

噛《か》んで含めるように久成はいった。

要するに久成は試合のような複雑な動きにはついていけないが、真剣を手にした最初の打込みなら、並の人間以上の力が発揮できる。つまり、自分は不器用そのもの。そういいたいのだろうが、これから殺し合いをする相手にそんな手の内を明かすようなことをいうとは……。

志方の頭は混乱する。ひょっとしたら久成の言葉は偽りなのかも。嘘をいって相手を攪乱《かくらん》し勝ちを取る。それも立派な兵法の一手ではあるが、この男に限ってそんな姑息《こそく》な手段を取るものなのか。

「確か馬庭念流には『脱《ぬけ》』という極意があると聞いておりもすが」

久成の凜《りん》とした声に志方は胸の奥で「あっ」と叫び声をあげた。そういうことなのだ。ようやくわかった。やはり、こいつは不器用な上に正直な男なのだ。

馬庭念流の極意といわれる「脱」とは、打込んでくる相手の太刀をかわして内懐に飛びこみ、勝ちを得るという難しい技だったが、久成はこれを使うなといっているのだ。無謀なことだと。そして正《まさ》しく、志方はこの技を用いて久成を仕留めるつもりだった。

「つまり、脱を用いてお主の懐に飛びこむのは無理だといいたいのだな」

押し殺した声を志方があげると、

「その通り。試合では負けるおいも、しっかりと構えた大上段からの一撃は誰の剣よりも速うて強い。無駄に命をすてることはござらぬゆえに」

はっきりした口調で久成がいった。

示現流の怖さは、この大上段からの渾身《こんしん》の一撃なのだ。へたに刀で受ければ刀身はへし折られ、かといって体で捌《さば》いてかわすことも至難の業、となると残る手は——。

居合だ。

念流には幸い、居合の術もある。

振りおろしてくる相手の刀に向けて、下から居合の一閃《いっせん》を叩《たた》きつける。示現流を封じるにはこの手しかない。最初の一撃さえ処理できれば、あとは何とでもなる。しかも相手は不器用な久成なのだ。自分の力量からすれば、赤子の手をひねるようなもの。

しかしと志方は考える。

この男はこれほどの大事を、なぜ試合う相手の自分に……わからなかった。いくら考えてもわからなかった。このとき志方の胸に、この男を殺したくないという思いがふっと湧きおこった。だが、もう後戻りはできない。久成を殺さなければ自分の頭蓋は砕けちる。死ぬのはこちらということになる。

「ご教授、有難く存じる」

喉につまった声をあげ、志方は左手で天秤棒の片割れを提げて腰をすっと落す。念流抜刀術の構えだ。

久成は天秤棒の片割れを額の脇に一直線に立てて、こちらも腰を落す。示現流特有の、いわゆる蜻蛉《とんぼ》の構えである。

間合は一間半。踏みこめば一撃で相手を倒せる距離だ。

「参る――」

久成が低く叫んだ。

くる。志方は右手を天秤棒の柄前《つかまえ》にあたる部分にそっと置く。

「ちぇいすとう――」

奇声が響いた。示現流特有のかけ声だ。

声と同時に天秤棒が風を斬った。

久成の言葉に嘘はなかった。そんな思いが一瞬脳裏を掠《かす》めると同時に、志方の天秤棒が唸りをあげて、久成の天秤棒に向かって飛んだ。

異様な音が響いた。

二人の体が停止した。

信じられないことが起きた。

二つの天秤棒の先が無かった。つまり、当たった部分で両の天秤棒は同時に折れて夜空に向かって飛んでいったのだ。

「おうっ」

という声が二人の口から同時にあがった。

思考が停止したように突っ立っていた二人だったが、志方がその場にぺたりと腰を落して座りこんだ。よかったという思いが志方の全身をつつみこんでいた。この男を殺さずにすんだ。

「分けでござるな、これは」

目の前で声がして視線を向けると、久成が同じように座りこんで志方を見ていた。

「おう、分けだなこれは。正真正銘の分け試合だな」

怒鳴るように志方はいい、

「しかし、こんなことが起きようとはな。いや、驚いた、びっくりした」

首を大きく左右に振った。

「二本とも、同じ天秤棒ですけん」

久成の目つきは、柔和になっている。

「同じ硬さ、同じ強さの棒に拮抗《きっこう》した力が同時に加われば、同じように折れるということは充分に考えられもす」

何やら理屈じみたことを口にするが、志方にはよくわからない。

「するとこれは、それほど珍しいことではないということなのか」

志方の物言いからも、硬さが抜けてきた。

「いや、珍しいこつには違いなかとです。いくつもの偶然が重なって起きたことは事実でござるから」

大きくうなずいた。

「そうじゃろ、そうじゃろ。こんなことは滅多に起こることではないじゃろ。まあ、一種の奇跡ともいうべきことじゃな」

志方もうなずきを繰り返し、

「だけんじょが、お主」

太い首を傾《かし》げた。

「お主、えらく頭がよさそうだが……それがしのような者にはついていけんような頭のよさというか、何というか……」

ひょっとしたらこの男、今度のこの結果を予想していたのではという思いが志方の胸をよぎるが、すぐに首を横に振る。天秤棒の木太刀を渡したのは、ついさっきのこと。

しかし得物がちゃんとした木太刀だとしても、今のこの男の口振りでは……と考えてみて「まさかの」と志方は小さく首を振る。

「頭はそれほどではござらぬが、おいはエゲレスにいっておりもした」

びっくりするようなことを口にした。

「エゲレスというのは、あのエゲレスのことか、海の向こうの。お主、エゲレス帰りの行き倒れか」

素頓狂な声を志方はあげた。

「エゲレス帰りの行き倒れでござる。そして、エゲレスから帰って蝦夷に渡り、ビールをつくってきもした」

子供のような顔で久成はいった。

「ビールというのは、今市中に出回っている、やたら高直《こうじき》な、何やら泡のいっぱい出る西洋の、あの酒のことか。むろん、わしら貧乏人の口には生涯入らんような、珍しい酒ではあるが……」

呆気にとられた口調でいうと、

「その、珍しい酒でござる。エゲレスで飲んだビールの味が忘れられず、おいは蝦夷地でその酒を……」

湿った声を久成はあげた。

声は湿っていたが、顔は笑っていた。陽《ひ》に焼けた真黒な顔が笑っていた。久成のこんな顔を見るのは初めてだった。

「そうか。ようはわからんが、お主が蝦夷地でビールをつくったのか。めでたい、実にめでたい、大いにめでたい」

詳細はわからぬものの、志方も何だか嬉《うれ》しくなった。分厚い手で久成の肩をどやしつけるように叩いた。何度も叩いた。叩いているうちに口から笑い声が出た。志方は久成の肩を叩きながら大声で笑った。

つられたように久成も笑い声をあげた。大声で笑いながら、久成の両目は潤んでいた。久成は泣きながら笑った。

二人の笑い声は夜空に響き渡り、そしてそれはいつまでもつづいた。

志方が徳利の最後の一滴を猪口に落しこんだとき、店の小女のおかよが新しい酒を持ってきた。

「はいこれでお終《しま》いやからね。源さんも久《ひさ》さんも体のことを考えとらんで飲むもんやから、私が目を光らせて見張っとらんと、早死にしてしまうさかいね」

おかよは二人のことを源さん、久さんと呼ぶ。大人びたことをいうが、まだ十六歳の初々《ういうい》しい盛りだ。

てほしいの」

「怖いなあ、おかよちゃんは。だけんじょが若くて可愛《かわい》いおかよちゃんと違って、わしたちはもう棺桶《かんおけ》に片足を突っこんでる身だからの。酒を飲む楽しみぐらいは残しておいてほしいの」

軽口を飛ばすように志方はいう。

「お酒は飲んでもいいの。けど、限度というものもあるんやから、それを守らないと大変なことになっちゃう。そやから私が目を光らせてね」

いいながらおかよは、盆の上から冷奴《ひややつこ》の入った小鉢を卓子の上にぽんと置いた。

「こういったものもきちんと食べんと、そのうち動けんようになるからね。わかった、源さんに久さん」

睨むようなおかよの目に、二人は思わず首を竦《すく》める。

「ついでにいうと、これはおまけやからお金はいらない。おかよちゃんの優しい心に感謝してや」

薄い胸を張るおかよに「はい」といって二人は頭を下げる。その様子をしっかり見て、おかよは二人の前を離れていった。

「ええ子じゃのう、あの子は。幸せになってほしいだなし」

志方は口許を綻ばせていう。

「いい子には違いないけんが、何とのう母親の前にいるような気になるというか。しっかりしすぎる面もありもすな」

苦笑しながら久成はいう。

「そこがまた、可愛いんじゃよ。あんな娘がいたら、わしの生き方も変ったろうに、あんな娘がのう」

志方の胸に三歳で死んだ娘の尚の顔が浮びあがり、それがおかよの容姿に重なった。

志方はぐずっと洟《はな》をすすった。

「ところで、あの折りのつづきを本当にやるつもりなのか、久成さ」

志方は話題を変えるように、あの折りの件を口にした。

あの試合の後、二人はすっかり意気投合し、久成はごく自然に志方の住む長屋に住みついた。

一つ屋根の下に住み、一つ釜の飯を食い、一杯の酒は分けあって飲んだ。やりとりも武家言葉から、ざっくばらんなものに変り、二人は揃《そろ》って沖仲仕の仕事に出かけるようになった。どんなことでも話せる気のおけない友となり、二人はもはや家族といってもよかった。

男二人のむさ苦しい家族だったが、それはそれで気楽というか安気というか、男所帯ならではの解放感が楽しめた。

「あの折りのつづきをやれば、文句なしにおいの負けじゃの。得物は木太刀になって、そう簡単には折れてくれんじゃろうし、どう考えても馬庭念流の達人である、源吾さの勝ちじゃのう。実に悔しいことじゃが、そういうことになりもすのう」

久成は奴豆腐を口に放りこんで笑いながらいう。

「そうだなし。木刀が折れなければわしの勝ちということになってしまうの。それでは面白くないだべな」

志方は天井を睨みつけるように見てから、

「いい考えが浮んだべ」

にまっと久成に笑ってみせた。

「この前同様、天秤棒を二つに折って対峙《たいじ》すればいいだなし。そうすれば今度もまた――」

「分けになりもすな」

二人は肩を震わせて笑い出した。

そのとき、女の悲鳴が響いた。

「やめてください」

あれは、おかよの声だ。

声のした厨房《ちゆうぼう》前に視線をやると、三人の若い男がおかよを取り囲んでいるのが見えた。三人とも着流し姿で、がっちりした体つきをしていた。おかよはこの三人に、どうやら尻でも触られたようだ。

「あれは、どこかの地回りかの――この辺り一帯をしきる下田《しもだ》組の者かいね」

ぼそりと志方が口に出すと、すぐに久成も口を開いた。

「それにしては見ぬ顔だが。まだ三下奴《さんしたやつこ》か、それとも、どこかの新興ヤクザがこの辺りの利権を狙って」

港湾関係の事業に荒事はつきものだった。日本中のヤクザ組織が割のいいシノギを巡って、切った張ったの血腥《ちなまぐさ》い事件を繰り返している時代だった。

「何はともあれ、おかよちゃんを助けてやらんとな」

といって志方は久成の顔を見た。

「無理じゃな。おいに自信があるのは最初の一撃だけじゃけんの。乱戦になれば、すぐにぼろぼろにされてしまうけん、残念じゃが荷が重すぎるたいね」

「なら、やっぱり、わしの出番ということだなし」

志方はにまっと笑って鼻の下を指でこすった。

馬庭念流には組打技があった。

突き蹴りはむろんのこと、逆技、関節技、投げ技、固め技、絞め技……何でもありの乱世の武術だった。

「おいこら、莫迦《ばか》野郎ども」

大音声《だいおんじょう》を志方は張りあげた。

三人の男たちが振り向いてこちらを見た。

おかよの泣き出しそうな顔が見えた。

店の客もこちらを凝視している。

三人の男が、ゆっくりと志方と久成の卓子の前に歩いてきた。

「今、声を出したんは、お前らクソジジイに間違いねえな」

兄貴分らしき男が志方と久成を睨《ね》め回した。

「確かに声を出したのは、わしたちクソジジイに間違いないだべな」

鷹揚《おうよう》な口調で志方がいう。

志方が今年五十一歳で、久成は二つ下の四十九歳。クソジジイには違いないといえる。

「そのクソジジイが、俺たちに何ぞ文句でもあるっていうんかいね」

男が凄《すご》んだ。

「文句は大いにありじゃ。いい大人が若い娘を苛《いじ》めてどうするべ。お前らの親が見たら、情けのうて涙をこぼすぞ」

志方は分別臭い表情で大きくうなずく。

「てめえ、いわせておきゃあ舐めやがって。そんだけのことをいうからにゃ、それなりの覚悟はできとるちゅうことやろな。表に出るか、クソジジイ」

男が吼《ほ》えた。

とたんに志方がのそりと立ちあがった。

「出るべ」

先に立って店の入口から外に出た。

すぐに男たちがつづき、そのあとから店のなかにいた久成を含む十人ほどの客がつづいて外に出る。

月明りのなか、三人の男が志方を取り囲んだ。一人は懐に手を突っこんでいる。

「やるべ」

志方が三人の男を順番に睨みつけた。

幾人もの人の命を絶ってきた鬼の目だ。

三人の男の顔に怯みが見えた。

志方が動いた。

右側にいた男の顎に拳が飛んだと思った瞬間、胸倉をつかまれた隣の男が志方の肩ごしに宙を飛んでいた。恐るべき早業だった。

残る一人は懐に手をいれていた男だ。

抜かれた手には匕首《あいくち》が握られていた。

腰だめにして男が志方に突進した。

体をわずかに開いてよけた志方の万力のような左手が、男の手首を握りこんだ。右手をそえてひょいと内側に返した。男は一回転して肩から地面に落ちたが、志方の左手は男の右手首を握ったままだ。無造作にひねった。骨の折れる音が聞こえた。男が絶叫した。

三人の男は這《は》いずりながら逃げた。

見ていた客から拍手がおこった。

人斬り源吾は、まだ健在だった。

店のなかに戻る志方のところへ、おかよが飛んできた。

「おおきに源さん、おおきに。けど、源さんが、あんなに強いやなんて。私、本当にびっくりして」

信じられないという表情で、おかよは志方を見ている。

「昔取った杵柄《きねづか》というやつでな、いくらクソジジイでも、あんな若いやつらにはな――いやいや、そういうことだかん、別に不思議でも何でもな。ほら、さっさと、おかよちゃんは持場に戻ってだな」

顔の前で手を振って照れたように志方はいい、すでに席についている久成のところに戻って腰をおろした。

「さすがたいね、源吾さ。まだまだ腕は衰えておりもはんな。いや、眼福《がんぷく》でしたな、鮮やかでしたな」

目を細めて久成はいった。

「恥ずかしい話だけんじょ、わしは久成さと違《ちご》うて、なかなか達観ということがな。たまにはああいうことでもせんと、気持の収まりのほうが、なかなかな」

弁解するようにいって、太い指で胡麻塩頭《ごましお》を掻《か》いた。

「おいのは達観じゃのうて、ただの諦めじゃやけん。何をどうしたって、源吾さのような立ち回りはできもはん。こういうときは、ひたすらその物事を正確に見る傍観者――それに徹しているだけですたい」

いつものように淡々と久成はいった。

「だけんじょがじゃ、久成さ」

志方の目が真直ぐ久成を見た。

「こういうときに、久成さがいつもいうておった、箍《たが》が外れるとどうなるかだなし。わしは、けっこうそれが知りとうての」

「箍ですかいね……」

久成は独り言のようにいい、

「わかりもはん。まったく、わかりもはん」

久成は何度も首を横に振った。

「気が大きゅうなって、体の動きも素早うなって。あんなごろつきなどは、あっという間に地面に叩きつけられるんじゃないかとの。わしは、そんな気がしてならんのじゃが、どうだべかの」

弾んだ声で志方はいった。

「そげんこつは、ない気がするの。おいの体のなかで箍が外れるときは、無理難題をつきつけられ、いったいどうしたらいいのか頭を抱えているときに限るからの。右か左か、はてさて、困ったなと」

久成はいってから、残っていた猪口の酒を一気に飲んだ。

「こういうときは無理だべか。こういうときにこそ、箍に外れてほしいんだがの。まあ、箍が外れて急に強うなるというのも、面妖な話ではあるけんじょな」

志方は落胆の吐息をもらしながら久成から聞いた、これまでの箍の外れる場面をひとつひとつ想い出していた。

最初に箍が外れたのは、あれは……。

二　西郷との邂逅《かいこう》

久成は幼名を昇介《しょうすけ》という。

その昇介が八歳の夏——。

母の須賀《すが》に連れられて加治木の町から三里ほど離れた重富《しげとみ》にある親戚筋の家に行き、半月ほど泊りこんだことがあった。

有村《ありむら》というその家には男の子が二人いて、上が新次《しんじ》という名で十四歳、その下の藤次《とうじ》が十歳だった。昇介はその二人とすぐ仲よくなり、この家に泊っていた半月の間、ほとんど行動を共にした。

ある日の昼過ぎ、三人は連れ立って郷の北にある別府《べっぷ》川に涼を求めて遊びに行った。三人は浅瀬で水浴びをしたり、水のかけっこをしたり、魚をすくったりして遊び呆《ほう》けた。

どれほどの刻《とき》が過ぎたころか。

西側に広がる三重岳《みえだけ》の方角から、どんという低い音が聞こえた。大きすぎる音ではなかったが、腹の底に響いてくるような初めて聞く音だった。

「何たいね、兄ちゃん」

藤次が興味津々の声をあげた。

「さあ、何じゃろな。おいにもよくわからんが、ひょっとしたら鉄砲を射った音かもしれんな」

大人びた口調でいう新次に、

「鉄砲って、何？」

昇介は思わず口を開いた。

「鉄砲っていうのは鉄で造った長い筒の武器で、筒の先っぽから炎と一緒に弾丸《たま》が飛び出して、それが人に当たったら死んでしまうという怖い代物《しろもの》じゃ」

そういえば、そんな武器があることを大人たちの話のなかで聞いたことがあった。が、昇介はその長い筒の武器を実際に見たことはなかった。

「新ちゃんは、その武器を今までに見たことがあるの？」

とたんに新次の顔が微妙に歪《ゆが》んだ。

「見たことはないけんど、頭のなかに浮べることはできる。ぼんやりとした姿やけど格好いい形をしとる」

新次がこんなことをいったとき、また腹に響く音が耳を打った。

「行ってみよ」

ふいに、藤次が口を開いた。

「おいは、その格好いい筒が見たい。どんなもんか、しっかり見たい。せやから見に行こ。すぐに行こ」

藤次の言葉に昇介の胸がざわっと騒いだ。

実をいえば、昇介もその弾丸を出して人を殺すという細長い筒が見たかった。

「藤ちゃんのいう通りや。おいも、その格好いい姿が見たい」

昇介は新次に向かって強い口調でいった。

「昇ちゃんも見たいんか。そうたいね、そんならみんなで鉄砲探しに行ってみるか。あの音やったら、そう遠くはないやろ」

新次の一言で、子供たち三人は鉄砲を探しに三重岳のなかに入りこんだ。

山のなかは薄暗く、少し分けいると、すぐに西も東もわからなくなった。頼りになるのは鉄砲の音だけだったが、その音がなかなか聞こえてこない。三人は当てもないまま、上に向かって少しずつ登っていった。

小半刻ほど歩いたころか。

すぐ近くで鉄砲の音が鳴り響いた。

耳の奥が痺《しび》れるほど大きな音だった。

「兄ちゃん！」

藤次が怯《おび》えた声を出した。

「怖がるな藤次。お前もちゃんとした、武士の子供じゃろうに」

そのときまた、音が響いた。

五間ほど先の杉の大木に、何かがめりこむ気配が伝わった。これが弾丸だ。昇介はこの気配を胸の奥にしっかりと刻みこんだが、藤次の顔は真青だ。

「兄ちゃん、もう帰ろ。やっぱり怖いよ。音が大きすぎて耳がじんじんするよ」

藤次は半ベソをかきながら、新次に帰りたいと訴えた。

「お前はそいでも武士の子か。武士の子は、どんな事態にぶつかっても逃げちゃいかん。どんな恐ろしか目におうても、歯を食いしばって耐えなきゃいかんたい。たかが鉄砲の音ぐらいで泣きごつをいってどうする」

新次が諭すようにいった。

「でも兄ちゃん、あれはすごすぎる音たい。体が破裂して、ばらばらになるようなすごか音たい、あれは」

ベソをかきながら訴える藤次に、

「藤次、昇ちゃんを見たらどうね。昇ちゃんはお前より年が下なのに、泣きごつひとつ口にしとらんばい。少しは、昇ちゃんを見習ったらどうたい」

新次は隣にいる昇介を見ていった。

「なあ、昇ちゃん」

と同意を求めた。

「おいも怖か。ものすごう怖か。辛抱しとるだけで、心のなかは藤次ちゃんと同じたい。やけん、そう責めたらあかん」

いってから昇介が藤次の顔を見ると、大きな涙が頬を伝っていた。

「辛抱できちょるんなら、それでいいたい。いくら怖うても、外に出さずに辛抱するのが侍たい」

押し殺した声を新次が出したとき、脇のほうから人の声が聞こえた。

「本当に猪《シシ》に当たったとね。弥助《やすけ》の盲射《めくらう》ちがそう簡単に当たるとは、おいには到底信じられんこつだがな」

大きな声だった。

「何をおっしゃいますやら、坊ちゃん。他のこつはともかく、鉄砲の腕だけは坊ちゃんより、この弥助のほうが一枚も二枚も上でございます。そがんこつは、お天道様が東から昇ってくるより確かでございます」

どうやら主従のようである。二人して山に入り、猪射ちをしていたようだ。

「その私めが、当たった気配をこの手に感じたんでございますから、確かです。その辺りに猪の体が横たわっているはずです」

声がすぐそばまで近よった。

昇介たち三人は息を殺して声のする方角を凝視している。

がさりと下生えが音を立てた。

男が二人、昇介たちの前に現れた。

先に立つ男は体が大きく、目も鼻も口も大きかった。まだ若い。後ろの男は横幅はあったが背は低く、年のほうもかなりいっている感じだ。鉄砲を手にしているところを見ると、この男がさっきの弾丸を射ったようだ。旧式の火縄銃だった。

「おうっ、こんなところに子供が」

大きな男が驚いた声をあげた。

「ありゃまあ、どこの在の子供なんでしょうかね。大きなほうは脇差《わきざし》を腰にしていますから、武家の子供ですね」

何でもない口調で年配の男がいった。

「子供じゃなか。おいは十四じゃ。もうすぐ元服じゃ」

とたんに、新次が叫ぶようにいった。

「あっ、それは悪かったの。そうか十四か、もうすぐ元服か。そうなったら立派な大人じゃのう。いや、悪かった、悪かった」

大きな男は顔中で笑ってから、ぺこりと新次に向かって頭を下げた。

気持のいい顔に見えた。

「ところで、この辺りで猪を見かけんかったかの。うちの者が確かに猪をしとめたといってきかんのじゃが」

といいつつ、男の視線が藤次の顔に張りついた。

「泣いとるのか、坊。ひょっとして、鉄砲の音にびっくりして涙が飛び出したか。もしそうなら、すまんこつをしたの」

藤次の頭をなでようとすると、

「触るなっ」

新次が怒鳴り声をあげた。

「鉄砲の音にびっくりしたくらいで、弟は泣かん。おいたちはこいでも武士の子じゃ。めったなことでは驚かん」

一気にいってから、ちょっと困惑の表情を浮べ、

「弟が泣いとんのは、そこの男が射った弾丸が、弟の衣服をかすめて飛んでいったからじゃ。そんなこつになったら、いくら強い武士の子でも泣きとうはなるたい」

とんでもないことをいい出した。

「弥助の射った弾丸が、その子の衣服をかすめて……」

男が絶句した。

「こりゃ、すまんこって、すまんこって。本当にすまんこって」

弥助と呼ばれた男が、ぺこぺこと藤次に向かって頭を下げた。

「大体、お前たちはどこの何者じゃ。ちゃんと、そこんところをはっきりさせて物をいったらどうたい」

「これは誠にもって失礼した。おいは鹿児島の御城下で郡方書役助《こおりかたかきやくたすけ》をやっている、西《さい》郷吉之助《ごうきちのすけ》、年貢の取立て役でごす。こっちは家の作男で弥助、二人して今日は、猪を射ちに山に入った次第」

神妙な顔をして男は西郷吉之助と名乗った。

後の隆盛《たかもり》である。

「その年貢の取立て役が、なして猪などを射ちに山に入ってきたんじゃ」

高飛車に新次はいった。

新次は気分がかなり昂《たかぶ》っているように見えた。

「食えないからでございます。われら下級武士のもらう給金などはしれたもので、畑を耕し魚を漁《あさ》り、そして山の獣などを狩って食うものを得なければ、家族の者たちが生きていけないからでございます」

西郷は丁寧な言葉つきで答えた。どうやら昇介たちが上士の子供たちということに気がついたようだ。

しかし、西郷の言葉は昇介にとって衝撃的なものだった。昇介自身は今まで、食べるということに対して何の懸念も抱いてこなかった。食べるものは、ごく自然に入ってくるもの。努力して手に入れるものでもないし、自分でつかまえるものでもなかった。それが……。

「ところで、あなた様方は、いったい」

怪訝な面持ちで西郷が訊いた。

「おいたちは加治木島津家の分家筋にあたる、家のもんたい。おいが有村新次で、弟のほうは藤次」

胸を張って答える新次の言葉に、驚きの表情が西郷の顔に走る。それに気をよくしたのか、新次の口調に傲慢なものが混じった。たたみかけるように口を開いた。

「特にこっちのお方は村橋昇介殿といわれて、ゆくゆくはお城のご家老になるお人。お父上が二年前に亡くなられて、すでに家督を継いでおられる大事なお方でもある。そこの下人は、そのお方に鉄砲の弾丸を発射して殺そうとしたのじゃ。昇介殿は弟の後ろにおられて、もう少しで弾丸に当たるところじゃった、死ぬところじゃった」

むろん嘘だったが、何にしてもとんでもない話である。

弥助の顔がすうっと白くなった。

「それは――」

西郷は絶句し、その場に腰を落して正座をした。すでに弥助は平伏して地面に両手をついている。

「どうするつもりじゃ」

新次が勝ち誇ったようにいったとき、その場の異常な雰囲気を子供なりに感じとったのか、突然藤次が火がついたように泣き出した。

「藤次、武士の子が泣くんじゃなか」

新次が疳高《かんだか》い声をあげた。

昇介の目から見ても、新次が相当狼狽《ろうばい》しているのがはっきりわかった。思考がどこか熱いところで停止している。新次を支配しているのは噴き出すような感情だけだ。

「手討ちじゃ。西郷、お前が主人の責任で、その下人を手討ちにしろ」

新次が怒鳴り声を出した。

体が小さく震えている。

辺りがふいに静かになった。

「有村様、それは、ちと……」

西郷が喉につまった声をあげた。

「ちと、何じゃ」

新次の目は血走っていた。

こうなったからには何が何でも、いうことをきかす。そんな思いが見てとれた。

「確かに弾丸は村橋様の近くを走り抜けたやもしれもはんが、これは決して故意にしたものではございません。いわば、これは思いがけずに起きた事故。弥助もこの通り平伏して謝っておりもすゆえ、ここは何とぞ穏便なお取り計らいをお願いしもす」

西郷は地面に額をこすりつけた。

「何を訳のわからん、屁理屈《へりくつ》を。事故であろうが何であろうが、村橋殿が死にかけたのは事実。それなら、それに見合った処置を取るのが筋じゃなかとか」

新次は一歩も譲らない。激しい目で西郷を睨みつけている。おそらく、頭に血が昇って、自分が何をいっているのかわからなくなっているに違いない。

「それが筋だといわれもすか」

西郷の顔が新次を見ていた。

大きな目が真直ぐ新次を見ていた。

怒気を含んだ目ではない。むろん、蔑みの目でもない。ではこれはと昇介は考えを巡らしていて、悲しみという言葉に思いあたった。悲しんでいるのだ、この男は。

「人は殺すものではありもはん。人は……」

ぎろりと大きな目が動いた。

「人は愛するもの。自分のすべてを擲《なげう》ってでも、人は愛するもの。おいはそう思うておりもす」

はっきりした口調で西郷はいった。

困惑の表情が新次の顔に走った。

新次にはもう、西郷のいっている言葉の内容も、自分がどう行動したらいいのかもわからない状態になっている。子供心にも、昇介にはそう感じた。

「自分のすべてを擲ってと、今お前はいったな。武士に二言はないな」

重い声が耳に響いた。

「なら、お前が死ね。人を殺すのが嫌なら、その下人の主人の責として、お前が死ねばいいだけのこつ。ここで腹を切れ。そいでこの場は収めてやる」

最後通達が新次の口から出た。

昇介の目は西郷に釘《くぎ》づけだ。

「よかたい……」

よく響く声で西郷はいった。

「おいの命ごときで、この場が収まるなら本望ですたい。西郷吉之助、いかにもこの場で腹を切りもす」

いってから宙を見た。

澄んだ目に見えた。

畏《おそ》れも怯えもなかった。

あるのは悲しみだけ。

そんな目に見えた。

「坊ちゃん、いけんです。そんなこつはいけんです。逃げましょ、ここから。さっさと逃げてしまいましょ」

弥助が泣き出しそうな声をあげた。

「そんなこつは、できもはん」

たしなめるようにいい、

「おいはこれまで誠心誠意、一所懸命生きてきた。毎日毎日、いつどこで何が起きてもいいように一瞬一瞬を一所懸命生きてきた。だから本望。残念ではあるが、これでいい、これでいいたい」

西郷は一瞬、ぎりっと歯を食いしばってから、ぱっと笑った。昇介は西郷の顔から目をそらせた。眩《まぶ》しすぎた。見てはいけないものを見た思いだった。

このとき、昇介は体の奥で微《かす》かに蠢《うごめ》くものを感じた。

恐る恐る視線を西郷の顔に戻した。

しんと静まり返った顔があった。

この人は本当に死ぬ気だ。

そう思った瞬間、昇介の体のなかで何かが弾けた。その音を昇介ははっきり聞いた。体のどこかにくっついていた物が落ちるような音。くっついていた何かが……箍《たが》が外れた。そう、箍が外れたのだ。

西郷は懐から手拭いを出し、抜いた脇差に巻きつけている。

昇介は新次のそばに駆けよった。が、今の新次には何を話しても無理だ。新次の腰から昇介は脇差を素早く抜き取った。一気に抜いた。

誰かが「あっ」と叫んだ。

この男を死なせてはいけない。

その思いだけが昇介をつき動かしていた。

「死んだらいかん」

怒鳴り声が出た。

西郷の怪訝な表情が昇介を見ていた。

昇介は抜いた脇差の切っ先を、ぴたりと自分の喉に密着させた。今までの自分からは考えられない大胆な行動だった。昇介自身、信じられない行動だった。

「お前が死ぬなら、おいも死ぬ」

本気だった。決死の覚悟が小さな体から噴き出していた。

この男の切腹を止めるにはこれしかない。直感的にそう考えた上での行動だった。他に方法はない。八歳の昇介の苦肉の策だった。精一杯考えての結果だった。

「村橋様、それは……」

西郷の怪訝な顔が困惑の表情に変った。

それまで淡々と死に直面していた西郷が、おろおろ声をあげた。どうやらこの男、人のために死ぬことはできても、自分のために人が死ぬのは許せないようだ。

不思議だった。

「お願いでございますから、それだけは。何もおいのために、村橋様の大事なお命をおすてになることは。お願いでございますから、それだけは」

大きな目に、大きな鼻と口、そのすべてが昇介に訴えていた。

「誰のものでも命は一緒たい。弥助という人と一緒に、この場から去ればいいたい」

切っ先を喉にあてたままいった。

「しかし、そんなこつをすれば、御一同にご迷惑がかかりもす」

「この場に迷惑なんかは……二人が去ることがいちばん丸く収まる方法だと、おいは。そうすれば誰も死なずに……だから」

昇介は西郷の顔を凝視して、こくんとうなずいた。困惑していた西郷の顔が元に戻ったように見えた。

「わかりもした」

西郷は大きな体を折って、小さな昇介に深々と頭を下げた。

「なら、お言葉に甘えて、この場から去らせて……いや、逃げ出させてもらいもす。いかい、お世話になりもした」

いうなり西郷は顔をくずして、ぱっと笑った。あの笑顔だ。眩しすぎる顔だった。そしてこの顔は昇介にとって、生涯忘れられぬものとして脳裏に刻まれることになる。

二人はその場を離れた。

傍らの新次を見ると憑物《つきもの》が落ちたような顔で、しょんぼりと座りこんでいた。

これが久成にとって、初めて箍が外れたときの出来事だった。

自分の心の奥がどうなっているのか見当もつかないが、久成はこのとき何かが外れる音を、はっきり聞いたと記憶している。何が何だかわからなかったが、事実はそれとして受け入れなければならない。というより久成自身、その音が響くときを、密《ひそ》かに期待している節があった。あの気持のいい音を……。

律義で糞真面目《くそまじめ》な男――。

これが久成に対する大方の見方だった。

三　黒田清隆の間者

明治八（一八七五）年、夏——。

久成は芝増上寺《しばぞうじょうじ》にある、北海道開拓使東京出張所にいた。

役職は勧業課長。北海道に産業を興し、その発展に努めるのが主な仕事だった。産業の主な対象は農業、漁業、酪農、そして今、目指しているのが、日本初のビールの醸造だった。

このため、開拓使は正式に醸造所建設を決定したが、ここに大きな問題がひとつあった。醸造所建設の場所である。

北海道ではなく、東京青山《あおやま》にある官園《かんえん》の敷地内というのが政府の方針だった。

官園が造られたのは明治四年、敷地は広大で、およそ十四万坪にもおよぶ。ここで果樹類や野菜類が栽培され、さらには酪農用の牧草が植えられた。

簡単にいえば農業試験場である。

北海道は手つかずの自然の宝庫だった。そんなところへ、いきなり外来の植物を持ちこんでも、いい結果が出るとは限らない。だからまず、試験栽培をしてというのが開拓使の方針だったが、ここにはもうひとつ裏があることを久成は知っていた。


「了介の野郎……」

ぼそっと久成が机に頰杖《ほおづえ》をついて、黒田清隆の幼名を呟いたとき、同僚の堀田要《ほったかなめ》がやってきた。

「村橋さん、ビール醸造所の件、聞きましたか。場所はなんと、青山の官園のなかですよ。いったい上は、何を考えてるんですかね」

久成の前に立ちながら、いかにも腑に落ちないという口調で堀田はいう。堀田も久成同様、薩摩の出身だったが江戸づめが長く、御国訛りはほとんど感じられない。

「そうたいね。いったい何を考えているんでしょうね、黒田長官は」

間違っても了介と呼びすてにはしない。

堀田はどちらかといえば、黒田の側の人間だと久成は見当をつけている。余計なことを黒田に喋られて、これ以上嫌われればビール造りから外される事態も起こりうる。ビール造りは久成の長年の夢。こんなところで頓挫するわけにはいかない。

「ところでそろそろ、退社の時間ですが、どこかに飯でも食いに行きませんか。天陽院《てんよういん》裏に牛鍋《ぎゅうなべ》という変ったものを食わせる店ができたようで、連日大入りだそうですよ」

珍しく堀田が飯の誘いを口にした。

「牛鍋ですか?」

怪訝な面持ちをする久成に、

「そう、牛です。我々薩摩人は豚のほうが馴染みが深いですが、たまにはその大入りの牛鍋というのも面白いかと」

すらすらと答える堀田に、久成の心が動いた。

何かを企《たくら》んでいるかもしれないが、ここは一番、この男の誘いに乗ってみるのもいいかもしれない。ひょっとしたら、黒田のあれこれが聞けるかも。

「いいですよ、行きましょう」

久成は堀田の誘いに乗った。

これまで権謀術策とはまるで縁のなかった久成だが、今回は別だ。ビールは久成の最後の夢だった。これをつぶすわけにはいかなかった。そのためには……。

半刻(約一時間)後――久成と堀田は『志茂田《しもだ》』と染めぬかれた暖簾《のれん》をくぐり、熱気のこもった店内に入った。すぐに小女がやってきて、二人は窓際の小あがりに通された。

「暑いな」

ぽつりと久成がいうと、

「すみません。私も店のなかがこんなに暑いとは……」

堀田は店のなかを見回し、つられて久成も周囲に目を向ける。

暑いはずだ。客たちの前には七輪が置かれ、その上には肉やら野菜やらが入った鉄鍋がのせられ、ぐつぐつと湯気をあげている。

「時季を間違えたやもしれません。これは冬の食い物ですな」

申しわけなさそうにいう堀田に、

「我慢鍋だと思えば、何とかなるでしょう。暑い時季に熱い鍋を前にして、意地を張る。これもけっこう、オツなものかもしれませんたい」

何でもない調子で久成はいう。

「我慢鍋にオツですか。村橋さんも、なかなかシャレたことをいいますね。律義で真面目すぎる村橋さんも」

笑いながらいった。

「律義で真面目すぎる男か……」

口のなかだけで呟いたところへ、小女が火のおこった七輪と具の入った鉄鍋を持ってきた。

割下を敷いて豪快に肉を放りこむ。

いいにおいが、すぐに鍋から立ちのぼる。

「じゃあ、煮えたら、適当に召しあがってください」

という小女に、堀田が怪訝そうな声をあげる。

「姐《ねえ》さん、この卵は何ですかね？」

二つの小鉢のなかに、それぞれ卵が一個ずつ入っている。

「熱すぎて火傷《やけど》をしないように、肉は一度生卵のなかをくぐらせてください。そうすれば熱は冷めますから」

「なるほど、生卵で熱を抜くのか。いや、すごいことを考えるもんです。いや、お世辞抜きで感心したな」

首を振って堀田はいい、

「それから、酒を冷やで」

よく通る声でいった。

小女がその場を離れてから久成は煮えた肉を箸でつまみ、かきまぜた生卵にくぐらせて口に運んだ。

甘辛いタレと肉汁が、すぐに口のなかいっぱいに広がった。慌てて嚙んだ。肉汁がさらに濃くなった。うまかった。

「これはうまいですよ、堀田さん」

久成の言葉に、堀田も放りこんだ肉をはふはふ嚙みしめながら首を何度も振る。こちらも満足げな顔だ。

そこへ酒がきた。

酌をしようとする堀田に、

「酒は手酌ときめてますから」

と久成は手で制して断った。

「なるほど」

堀田は一言そういってから、自身も手酌で酒をついだ。

二人はしばらく、肉を頰張って酒を飲むことに専念した。

「ところで村橋さん。今度の醸造所の件をどう思いますか」

堀田が話を切り出してきた。

「そうですな」

久成は短く答えてから、さてどのように話せば角が立たずに、いちばん効果があるかと素早く考えをめぐらせる。が、なかなか答えは見つからない。

「そうですな」

再び同じ言葉を口にして、久成は宙を睨んで今度は腕をくんだ。しかし、考えはやはりまとまらない。そして、やはり自分には権謀術策は無理……結局はそこに落ちついた。自分流の正攻法でいくしかない。

「莫迦《ばか》げてますな」

こんな言葉が飛び出した。

「これはまた、辛辣《しんらつ》なことを」

堀田は驚いたような表情を見せ、

「相変らず村橋さんは、不器用ですな」

ほんの少し笑った。

「北海道でつくるものを、東京の官園でつくってどんな益があるというんです。いや、まったく益がないとはいいませんが、北海道でつくるものなら最初から、その地に試験場を建てて、そこでつくるのがいちばんいいと、おいは思っています。おいがいっているのは、むろん作物や植物のこつで、醸造所のこつは後でまた話しますけん」

久成はとつとつとした調子ではあったが、一気にいった。

「なるほど」

堀田は短く答えてから、

「私も、本当はそう思います」

意外な言葉を口にした。

「堀田さん、あんた」

久成は一瞬呆気にとられてから、

「単刀直入に訊きますが、あんたは黒田長官の子分じゃなかったとですか」

あからさまな言葉を口に出した。むろん、正直な返事は期待していなかったが。

「その通り。私は黒田長官の子分です」

予想に反した言葉が返ってきた。

「あっ、やっぱり……」

少なからず久成は狼狽した。

「そんな堀田さんが、黒田長官の考えを否定するようなこつをいってもいいとですか。大丈夫なんですか」

「大丈夫ですよ」

堀田は口許に笑みを浮べ、

「私は村橋さんと違うて世渡り上手ですから。たとえ村橋さんが長官に今夜の私の言葉をありのままに話したとしても、それを切り抜ける術《すべ》は心得ていますから」

何でもないことのようにいった。

堀田は久成とは対極の位置にいる人間のようだった。正直な部分もあるが、したたかすぎる部分も持ち合せた人間なのだ。

「なら、本音で訊きますけんが、堀田さんはなぜ黒田長官は北海道ではなく、東京に試験場を造ったと思いますか」

堀田の目を真直ぐ見て訊いた。

「見せびらかしたいんですよ、黒田長官は。陛下を始め、政府中枢のおえら方に、自分の力を誇示したいんですよ」

　堀田はすらすらと答え、

「たとえば、最新式の西洋の脱穀機や自動収穫機を実際におえら方の前で動かしてドギモを抜く――まあ、一言でいってしまえば演芸場のようなものです。それが証拠に、この地はおえら方の散策場所となり、いまや東京の新名所のひとつになっていますよ」

　これもすらすらと絵解きをした。

　久成の思っていたことと、まったく同じだった。この男、見るべきところはちゃんと見ているのだ。しかし、久成にはわからない点がひとつあった。それを堀田にぶつけてみようと考えた。

「そこまではおいの考えと一緒ですが、ひとつだけおいにはわからないこつがありもす。それを堀田さんに教えていただきたい」

　真摯な表情で堀田を見た。

「いいですよ。私の知っていることなら、どんなことでもお答えしますよ」

　口許には笑みが漂っている。

「あんな西洋の大がかりな機械を買っても、この狭い日本では役に立たないことぐらい、黒田長官でもわかっているはず。しかも、あの手の機械は恐ろしく高価です。それを知りながら、なぜそんなこつをするのか。それがおいにはまったくわからない」

正直な気持を久成はぶつけた。

「わからないと思いますよ、村橋さんには。私たちのような貧乏人でなければ」

堀田はそう前置きを口にしてから、

「成り上がり者なんですよ、あの人は」

ぽつりといった。

が、久成には意味がわからない。怪訝な顔を堀田に向けると、

「村橋さんは薩摩藩時代、加治木島津家の分家として禄高《ろくだか》はどのくらいありましたか」

堀田は低い声で訊いてきた。

「確か三百石近くのはずですが」

宙を見つめて久成は答える。

「なら、黒田清隆の家の禄高はどれほどか、村橋さんは知っていますか」

聞いたことがあるはずだった。久成と黒田は古いつきあいだった。聞いていないはずがなかったが、頭を振り絞っても黒田家の禄高は思い出せなかった。

「そういうもんです。おえら方はいつの世も下々《しもじも》のあれこれは忘れてしまう。それが世の中の常です」

堀田はほんの少し悲しそうな顔をしてから、

「四石です。黒田家の禄高は」

はっきりした口調でいった。

「四石！」

思わず声が飛び出した。

「そう。たった四石で、黒田家は家族全員が食べていかなければならなかった。私の家にしても、似たりよったり。それが、どん底の下士の暮しです。だからこそ、長官は今の自分の力を誇示したいんです。成り上がり者の悲しい習性です」

ふいに久成の全身を情けなさが襲った。

それは徐々に悲しさに変った。

自分は大切なことを忘れてしまっていた。

あの八歳のとき、西郷に会った際の教訓だ。

西郷は食うために畑を耕し魚を漁り、そして山の獣などを狩って食うものを得なければ、家族の者たちが生きていけないといった。この言葉は、食べるものは、ごく自然に入ってくるものと思っていた久成にとって衝撃的なものだった。

胸に刻みこんでいたはずだった。

それがすっかり抜け落ちていた。だがこれは、黒田に限ってのはず。それを想い出せないほど、今の黒田の力は強かった。飛ぶ鳥を落す勢いだった。だから自分は……そう思いたかった。

「すまない――」

久成は堀田に向かって頭を下げた。

久成の正直な気持だった。

「どうしたんですか。村橋さん」

堀田が驚いた声をあげた。

「すまない、本当にすまない」

久成は頭を下げつづけた。

恥ずかしかった。胸がつぶれる思いだった。自分が情けなかった。

「村橋さん、頭を上げてください。それでは話もできません。村橋さん、頭を」

堀田の口調が、おろおろしたものに変った。どうしていいか、わからない様子だった。

「はい……」

久成は蚊の鳴くような声を出して、おずおずと頭を上げた。

「その謙虚さが、村橋さんの長所だとは思いますが……」

堀田は少し言葉を切り、

「見ていて時々歯がゆくなります。もう少し威張ったほうがいいかと――こう感じているのは私だけじゃないと思いますよ」

しんみりした口調でいった。

「性格ですけん……」

久成は申しわけなさそうにいい、

「しかし、いうべきときには、きちんと声をあげていっていますから、その点は」

はっきりいった。

「そう、村橋さんはいうべきときには、きちんという。それが怖いんですよ」

意味不明のことを堀田はいった。

「怖い？　おいの何を、誰が怖がるというんですか。堀田さんがですか」

久成は呆気にとられた顔を堀田に向ける。

「私じゃありませんよ」

堀田が久成の顔をじっと見た。

「黒田長官ですよ」

思いがけない名前が堀田の口から出た。

「黒田長官がおいを。そんなこつは」

思わず否定の言葉を出す久成に、

「あの人は妙に昔のあれこれを引きずっていて、あまりのことをしでかすと、かつてのお殿様に手討ちにされるんじゃないかという危惧を抱いていています」

堀田はびっくりするようなことをいって、こんな話を口にした。

去年の暮れのことだという。

堀田は黒田に呼ばれて柳橋《やなぎばし》の料亭に出かけて行った。

席には黒田を筆頭に数人の男たちがいて、堀田はその末席に座った。そのとき久成のことが話題になり、

「この騒乱の時代、やっぱりかつてのお殿様は役立たずでおとなしいのう。鳴き声ひとつあげんのう」

と誰かが酒を飲みながらいい、すぐに周りが賛同の声をあげた。このとき異を唱えたのが黒田だったという。

「おはんらは知らんだろうが、昇介はそんなやわな男じゃありもはん。おとなしゅう見えるだけで、やるときはがつんとやる男たい。それが証拠に、あん男は仕事だけは手を抜かずにきちんとやっちょる。こうと決めたら上役のいうことも聞かんたい」

黒田が周りを制するようにいうと、

「上役のいうことも聞きもはんか、よくそれで仕事が回っていくもんたいね」

いい出しっぺの男がいうと、黒田がちらりと堀田を見た。何か話せという合図だ。堀田は背筋をぴんと伸ばした。

「村橋さんは表立って大声をあげることはありません。ただ、じろりと相手の顔を睨むだけで、我が道を行く。あとは何をいっても無視するだけですから、喧嘩《けんか》になりません。

そして困ったことには、大抵が村橋さんのいうことのほうが正論という結果になりますので、これはもう」

堀田は淡々と述べた。本音だった。

「何をいっても聞く耳持たんか。そりゃあ今時、立派なお殿様ぶりたいね。多少は骨があるということかいの。しかし、そん男。武士としての剣のほうはどうじゃい。強いという噂《うわさ》は一度も聞いたこつがなかとじゃが、どうですかいね、そのあたりは。長官なら古いつきあいじゃけん。知っておりもそうが」

いい出しっぺが黒田の顔を見た。

「剣の才はないの、あん男には。じゃが妙なところがの」

黒田はこんな前置きを、まずつけた。

「乱戦になれば、すぐに斬られるんじゃろうが、最初の一撃だけはのう。どこから、あんな力が出てくるのか、とにかく速うて強い。あの勢いは誰にも躱《かわ》すことはできもはん。かといって剣で受ければ——」

「折れて飛ぶか。正しく示現流の極意じゃの。一太刀の打ちじゃの——しかしそれが、最初の一撃だけとは。その村橋という男、よほど不器用な男と見えるの」

「さよう。糞真面目だけが取り柄の、生き様も剣の腕も不器用そのものの男じゃけん、それだけに怖さがあるといえるのう」

真顔でいう黒田に、

「怖いとな、長官が——示現流の達人で幾人もの人間を屠《ほふ》ってきた長官の言葉とは思われんこつといえるがの」

赤ら顔の男が呆《あき》れたような声を出した。

「いやいや、何かの折りにどこかがぷつんと切れて、下郎そこへ直れといって手討ちにされるんじゃなかろうかとな」

黒田は大袈裟《おおげさ》に体を震わせて顔をくしゃりと崩し、

「殿、ご乱心じゃな」

大声で笑い出した。

周りもそれにつられて、部屋のなかは笑いにつつまれた。

が、堀田だけは本気で笑えなかった。

黒田の言葉は本音のような気がした。

まずあり得ないことではあるが、何かの拍子で久成が黒田に刃を向けたら……そんな怖れを黒田は胸の底に秘めている。

そう感じた。

「そんなこつが、あったんですか」

堀田の話を聞き終えた久成の脳裏に「箍《たが》」という言葉が浮びあがった。

もし、黒田の前で箍が外れたら、そのとき自分はどんな態度をとるのか。そして箍が外れたまま剣を手にしたら自分は……しかし、そう簡単に箍は外れてくれない。久成はそれをよく知っている。

あれから箍が外れたのは、たった一度だけだった。二十二歳のとき、あれは英国への留学が決まった日だ……そのとき自分は、そしてそれから。

と久成が記憶をたどっていると、

「村橋さん、どうかしましたか」

堀田の声が響いて久成は我に返り、思考はそこで閉ざされた。

「いえ、おいはどこへ行っても珍客。そのように扱われているのだなと、再認識した思いが――」

これも久成の本音だった。

加治木島津家の分家。

どこに行っても、これがついてまわった。

久成が開拓使の職員になったのは、蝦夷が北海道と名を変えた二年後の、明治四年のことだった。

その後久成は北海道の各地に足を延ばしたり東京に戻ったりという、目まぐるしい生活を繰り返していたが、久成を見る周りの目はいつも同じものだった。

珍客……同僚も上役も、久成と接するときは常に空気の層のようなものを間につくった。堀田のような物好きな人間もたまにはいたが、親交を温めようとする者はほとんどなく、久成は常に浮いていた。一言でいえば敬遠、久成はいつも独りだった。

「珍客ですか――」

堀田が面白そうにいった。

「しかし、何にしても黒田長官は村橋さんを意識している。これは紛れのない事実です。三百石と四石、この差が黒田長官の頭のなかから消えることはありません。いくら出世して偉くなっていっても、所詮は四石。出自に対する劣等意識を黒田長官が拭い去ることは、終生できないでしょう」

「莫迦げたこつを。そんな愚にもつかないこつを、あの権力の権化ともいうべき男が。それは堀田さんの思いすごしですよ」

久成は一笑にふした。

「あれでいて、なかなか繊細な部分があの人にはあるようです。そうでなければ多方に渡って、あの手、この手の術策をめぐらせることはないと思いますよ」

いわれてみればそうである。しかしあの、豪放磊落《らいらく》の暴れ者で通っていた黒田清隆が繊細な心の持主とは。

「だから、黒田長官は村橋さんを怖れている。そんなことはないでしょうけど、本当に手討ちにされるんじゃないかと思っている。薬丸自顕流の一太刀の打ちを。村橋さんの最初の一撃は凄いということですから」

こういってから堀田は口許に笑みを浮べ、

「実をいえば私。その村橋さんの最初の一撃にはかなり興味があるんです。できれば、村橋さんと立ち合ってみたいというか」

物騒なことをいい出した。この堀田要という男、よほど腕に自信があるような。そんな思いがちらりと胸を掠めたとき、

「冗談ですよ、冗談。黒田長官が怖がる村橋さんの一撃を、私などが受けられるはずがない。もっとも刀だけはまだ、後生大事に持っていますがね」

堀田は顔中で笑いながらいった。

「そんなことより」

笑い顔が真顔に戻った。

「村橋さんが長官を襲うということは、あり得ることですか。それとも、ただの杞憂《きゆう》といっていいもんですか」

単刀直入に訊いてきた。

久成は絶句した。

視線を鉄鍋に落した。

鍋はあらかた空になっていた。

酒のほうも空っぽのはずだ。

「おおい、姐さん。酒を頼む。冷やで二、三本持ってきてくれ」

大声で注文した。

酒がくるまで二人は無言で待った。

小女が酒を持ってきて卓子に置き、久成と堀田はそれぞれ手酌で酒を盃《さかずき》についで飲んだ。喉に気持よかった。

「やるやも、しれもはん」

ぽつりと久成がいった。

もし箍が外れたらという言葉はのみこんだ。

「やりますか！」

堀田の顔に驚きが走った。どうやら予想外の言葉だったらしい。

「このこと、黒田さんにご注進してもいいですか。何といっても私は、黒田長官の子分ですから」

おどけたようにいった。

「ご随意に。おいは腹だけは、いつも括っているつもりですけん」

さらっと言葉が出た。

「それは頼もしい。それならもうひとつ、訊きたいことがあるんですが」

表情はまた真顔に戻っている。

「例のビールの醸造所の件ですが、あれを村橋さんは素直に受けるつもりですか。それとも……」

「受けるつもりは、ありもはん」

即座に言葉が出た。

「ほうっ。ということは、どんな手段を取るつもりですか」

「上申書を提出しもす。黒田長官あてに、いかに東京にこれを造ることが莫迦げているかということを詳細にわたって」

はっきりと久成はいってから、

「今はまだ無理ですけんが、ビールの原料となるホップも麦も将来的にはすべて現地生産でまかなえるはず。お雇い外国人のトーマス・アンチセルは明治五年に岩内《いわない》で野生のホップを発見していますし、その二年後はこれも同じルイス・ボーマーが日高《ひだか》で野生のホップを見つけていますけん。北海道の気候は正にビール造りに最適といえるのです。しかも――」

大きな目で堀田をぎろりと睨んだ。

「北海道は水がいい。綺麗な水が無尽蔵にあるんです。こんな好条件をほっておいて、東京に醸造所を造る意味はまったくない。莫迦げているとしかいいようがない」

久成は熱っぽい口調で語りかける。

「醸造所を造るには莫大《ばくだい》な資金がいります。失敗したらどうするんです。今度は醸造所を解体して北海道に運ぶつもりですか。それとも新たにまた北海道に造るつもりですか。それこそ金と時間の浪費としかいいようがない。国庫にどれだけの金があるというんです。莫迦げているにもほどがあるたい」

久成は自分の両頰が紅潮してくるのを感じた。東京醸造所建設に対しての腹立たしさがどんどん増してくるのを感じていた。

「それに――」

と叫ぶように声を出すと、堀田が顔の前で手を大きく振った。

「わかりました。村橋さんの主張とビール造りに対しての情熱は痛いほど、よくわかりました」

堀田は大きくうなずいていった。

「じゃあ、それを今いった通りに上申書にまとめて上に提出してください。村橋さんの情熱と怒りが、読んだ人にそのまま伝わるような文章にして」

「それはもちろん」

久成も大きくうなずく。

「私はその文章が、黒田長官の目に入るころに、さっきの村橋さんから教えていただいた決意をそのまま伝えます」

妙なことを口にした。

「さっきの、おいの決意とは？」

怪訝な表情で堀田を見る。

「もう忘れたんですか。長官の脳天に薬丸自顕流の一撃を加える件ですよ。下郎、そこへ直れのお手討ちですよ」

顔を綻ばせながらいう堀田の言葉に、「あっ」と久成は叫び声をあげる。これはいったい、どう解釈したらいいのか。檄文《げきぶん》ともいえる上申書と手討ちの予告。これを知って黒田はどんな態度を……。

「堀田さん。ひょっとしてあんた、おいの味方なのか」

思わず叫び声が出た。

「いえ、私は黒田さんの子分で、そういう意味からいえば村橋さんの敵といえます。しかし、そんな腰巾着の私でも何が正しくて何が間違っているかぐらいは、わかります。そして私は微力ながら、この日本という国を正しい方向に導きたいのです。ただ、それだけです」

いってから堀田は頭を掻いた。

「柄にもないことをいってしまいました。恥ずかしい限りです。しかし、上申書は必ず通るはずです。黒田長官も、ここで頭を割られて死ぬのは嫌でしょうし、それよりも何よりも理は村橋さんにあります。それくらいは黒田長官もわかっているはず。村橋さん同様、あの人も北海道に夢を抱いているはずですから、村橋さんの檄文で今回の見栄だけは諦めると思います」

「ありがとう、ございます」

久成は素直に頭を下げた。

頭を下げながら、この堀田という男の性根の在りどころを考えた。西郷のような大物ではないが、小物というわけでもない。立身を望むだけの人間にも見えないし、欲がないともいいきれない。それなら……。

心のなかで「ううん」と唸《うな》っていると、

「村橋さん、頭を。黒田さんの腰巾着に、そんなに何度も頭を下げることはありません。ですから頭を」

堀田の言葉が響いて、久成は頭を上げる。

「本当に長官はこれで、醸造所を北海道に変更するものでしょうか」

こんな言葉が出た。

「十中、八九は」

明確に堀田は答えた。

「残るは一つですか」

「その残る一つは、村橋さんの解雇。そういうことです」

久成の解雇と堀田はいった。その一言で長年の疑問が久成の胸の奥から、ひょいと顔を覗かせた。

「堀田さんに、おいは伺いたいことが」

大きな目で堀田を睨むように見た。

「黒田長官がおいのこつをそれほど疎《うと》ましく思っているのなら、なぜさっさと解雇しないんでしょうか。何も自分の心に無理を強いてまで、おいを開拓使に置いておかなくても、さっさと解雇すればすべては終るはず」

一気にいった。

ずっと疑問に感じていたことだった。

これまで久成は何度も上の決定に反する上申書を出していた。いわば開拓使の問題児のようなものだった。黒田に対しても同様で、たまたま所内で顔を合せても、久成は決して愛想のいい態度をとらない。事務的に深く一礼するのみだ。

「おう、昇介どん。今度一緒に飯でも食いに行こうたい」

そんな久成の肩をとんと叩いて、黒田は愛想のいい言葉を残して去っていく。

これが久成にはわからない。

黒田とは古いつきあいだが、自分を疎ましく思っていることは何となくわかる。しかし黒田は、それを隠そうとしている節があった。あくまでも鷹揚に、あくまでも親しげに。久成の大きな疑問だった。

話を聞いた堀田の表情は暗かった。

どうやら久成のこの疑問に関しては、さすがの堀田も話したくないような顔色だ。解雇という言葉を出した自分を悔やんでいるような様子に見えた。

「それは――」

といって堀田は宙を睨んだ。

「聞かないほうが、いいような」

歯切れの悪い口調で堀田はいった。

「聞かないほうがいいとは、よほどの事情がそこにはあるということですか」

久成は食い下がる。

「簡単ではありますが、よほどの事情があるのは確かなことです」

堀田はそういって手酌で盃に酒を満たし、立てつづけに口に運んだ。

「話してくれるまでは、おいは堀田さんをここから帰さないつもりですけん、そのつもりで。おいは腹だけはいつも括っているつもりじゃけん」

久成も手酌で盃に酒を満たし、何杯も立てつづけに飲んだ。久成は小女に酒を頼み、さらに飲んだ。

どれほどの時間が過ぎたのか。

「村橋さん」

ぼそりと堀田が口を開いた。

「これは黒田長官の心の暗部というか、性格の嫌な部分に関わることと理解してくださ い。これが黒田さんの心のすべてではないと理解してほしいのです」

低すぎるほどの声で堀田はいった。

「わかりもした。肝に銘じますけん」

久成は下腹にぐっと力をこめた。

「飼い殺しです」

ぽつりと堀田はいった。

何をいわれたのか久成はわからなかった。

「黒田さんは、村橋さんを一生にわたって、生かさず殺さずの飼い殺しにするつもりです。かつての農民に対する、藩の処遇と同じものです」

まだ意味がわからない。

「つまり、一生涯手許に置いて、その間、大きな出世もさせず、久成さんの様子を眺める。これが黒田さんの胸の内です」

「飼い殺しにして、一生涯おいの様子を眺めるって、いったい何のために」

ぽかんと久成は堀田の顔を見る。

「かつての殿様が、のたうちまわる姿が見たいのです。それで自分の劣等意識を払いのけようとしているのです。禄高四石の悲しすぎる人間の性癖です」

堀田の言葉に久成は「ああ」と声をあげるが、それほどの驚きはなかった。ただ悲しさだけが湧きおこった。それほど過去に執着する黒田に対して哀れさえ感じた。

「そういうこつですか。じゃけん、解雇をするはずがないと」

久成が低い声をあげると、

「ただ、誤解しないでください。黒田さんが村橋さんの優秀さを認めていることも、確かなことです。さらには、幼馴染みの村橋さんのことを大事にしているのも事実です。矛盾するようなことですが、すべて本当のことです。あの人の心は、それほど繊細で、かつ歪んだ部分を含んでいるということです」

「わかりもした。話しづらいこつを、ありがとうございました」

久成は素直に頭を下げた。

これで様々なことに合点がいったのは確かだった。例えば――。

久成が蝦夷から北海道と名前を変えた、政府の機関である開拓使の仕事に応募したのは明治四年のことだったが、これは北海道の大自然に対する夢と、これからの暮し向きのためだった。

明治二年の六月。

大久保利通《おおくぼとしみち》、木戸孝允《きどたかよし》によって版籍奉還が実施された。つまり、各藩の持っている所領をすべて天皇に返還させるというもので、明治政府はまず維新の先頭に立った、薩摩、長州、土佐《とさ》、肥後《ひご》の四藩にこれを実行させた。四藩が従った以上、他の藩がこれを拒めるはずもなく、日本中すべての土地が天皇家の直轄ということになった。

これにより、すべての武士が禄を失って路頭に迷うことになり、その総数は家族を含めて二百万人にのぼるといわれている。これだけの人間が、いきなり食いぶちを失うことになったのだ。

久成の家も例外ではない。

久成は夢と食いぶちを求めて北海道開拓使の職に応募した。その結果、採用にはなったものの妙な点がひとつあった。久成の立場だった。十等出仕――みんながこれぐらいなら何の不思議もないが、久成より身分が低く戊辰《ぼしん》戦争で大した働きもしていない者が七等出仕、八等出仕で迎えられていた。久成たちの次に留学生としてアメリカに渡った湯地治右衛門《ゆちじえもん》も八等出仕だった。

訳がわからなかったが、政府がそう決めた以上仕方がなかった。それに久成は生来、地位や金銭に対しては執着のないほうだった。疑問は残ったものの、それもいつしか気にならなくなり、久成は黙々と仕事に励んだ。

その疑問が堀田の言葉で氷解した。

すべては黒田の差し金だ。

そういうことだったのだ。

「よう、わかりもした」

話を聞き終えた久成は、堀田に向かって深々と頭を下げた。何だか今夜は堀田に頭を下げてばかりいると考えていたら、

「不快な話ばかりで、誠に申しわけありませんでした」

今度は堀田が深々と頭を下げた。

「これはどうも、痛みいりもす」

いったとたん、堀田が笑った。

つられて久成も笑い出した。

「不快ついでに、忘れ酒といきましょう」

堀田がいって、酒の肴《さかな》に大根の古漬けを持ってきてもらい、二人は半刻ほど冷や酒を飲んで大根をかじった。

堀田は黒田の子分だといったが、久成は一緒に酒を飲んでいて楽しかった。宴会の際は久成にも声はかかったが、少数で飲むときにはめったに誘われなかった。久成はいつも独り、友と呼ぶべき者はいなかった。

久成は堀田に友を感じた。

少々変り者のようだったが、悪い人間には見えなかった。相変らずの手酌だったが、堀田はそんなことも気にしていないようで陽気に飲んだ。気の休まる男だった。

増上寺の近くに家を借りているということで、堀田とは店を出たところで別れたが、帰り際、こんなことをいった。

「実は私は、村橋さんの目付役をおおせつかっているのです」

すまなそうにいって頭を掻いた。

「ということは、おいの見張役ですか」

様々なことを聞いた後だった。さほどの驚きはなかった。

「はい。村橋さんが開拓使を辞めることのないよう、生かさず殺さず留《とど》めておくことと、もし何かのきっかけによって、村橋さんが暴走をし始めたとき、それを未然に防ぐ役――それが黒田長官からいいつかった、私の役目です」

また頭を掻いた。

「未然に防ぐというのは、害が黒田長官に及ぶ前に、腕に覚えのある堀田さんの剣でおいを斬るというこつですか」

なぜかおかしくなって、久成の両頬に笑みが浮んだ。

「いやいや、そんなことをすれば必殺の一撃で返り討ちになるでしょう」

「なら、おいが黒田長官の頭に必殺の一撃を加えようとしたら、どうするんですか。指をくわえて見ているんですか」

笑いながら意地の悪い問いを発した。

「さあ、そのときは――」

空を見上げながら、くるりと背を向けた。

「私の剣のほうが、先に長官の頭を割っているやもしれませんよ」

背中ごしに声が響いた。

得体のしれない男だった。

が、久成の胸には人懐こさだけが残った。

四　薩英留学生

仕事を終えた久成は増上寺内の官舎に戻り、一人手枕で横になっていた。

そろそろ上申書の返事がきても、いいころだった。上申書は堀田がいったように檄文《げきぶん》に近いものだった。その檄文を読み、久成の本音を堀田から黒田が聞いたら……いったいどんな結果になるのか。黒田の苦虫を噛みつぶしたような顔が見えるようだった。

しかし、もし解雇されたとしたら、そのとき自分は黒田に刃を向けることになるのだろうか。わからなかった。そのとき箍《たが》が外れれば、充分にその可能性はあるといえるが、そう簡単に箍は外れてくれないことを久成はよく知っていた。

今までに、たった二度。

一度は西郷と初めて会ったとき。

そして二度目は、薩英留学生の一人に名指しされたときだ。あれは困った。真底困った。

久成は当時を振り返る。

あれは元治《げんじ》二（一八六五）年一月のことだ。

久成は急ぎの御用として城に呼ばれた。

広間の下座に座り、額を畳にこすりつけて待っていると誰かが入ってくる気配が伝わった。久成は体を固くした。

「面《おもて》をあげよ」

入ってきた人物が声をかけた。

おずおずと頭をあげると、上座によく知った顔があった。久成は再度頭を下げた。

「面をあげよと申しておる」

再び声がかかった。

声の主は島津久光《ひさみつ》。名君と謳われた島津斉彬《なりあきら》の異母弟で、兄の急死以後は藩主忠義《ただよし》の父として政《まつりごと》を掌握している人物である。

「息災か、直衛《なおえ》」

と久光はいった。

直衛とはこのころの久成の名で、このときの役職は御小姓組番頭《おこしょうぐみばんがしら》、藩主にじかに目通りが許される身分だった。

「そのほう、エゲレスに行け」

久光はいきなり、途方もないことを口にした。

「エゲレスに行き、近代国家というものを、その目でじかに見て参れ」

それだけいって久光は立ちあがり、その場をさっと離れていった。

いったい何が起きたのか、直衛にはまったくわからなかった。途方に暮れた表情で座りつづけていると、重役の一人が手招きして直衛は別の部屋に連れていかれた。

ここで事のあらましを聞かされた。

薩英留学生の一員になれという要請だ。

薩英留学生とは広く西洋の地を見聞し、その知識を身につけて藩の将来を築くためのものだった。こうした国際的な視点を有した者がいなければ、薩摩藩はおろか日本の国自体が危うくなる——島津斉彬のこの発案で事はすすめられていくが翌年、斉彬は急死して、その計画は頓挫することになる。

この斉彬の思いを復活させたのが、後に大阪株式取引所や大阪商法会議所を創設した、五代友厚《ごだいともあつ》だった。五代は諸外国に対する日本の立ち遅れを逸速《いちはや》く察知し、柔軟な頭脳と知識を有する国際人を一人でも多くつくらなければと焦っていた。

そんな五代が相談を持ちかけたのが長崎に居住していたグラバーだった。グラバーは船舶や武器をあつかう貿易商で、世界の流通網を把握していた。五代がグラバーに会う前年、すでに伊藤博文《いとうひろぶみ》や井上馨《いのうえかおる》ら五人の長州人を西欧に送り出した実績もあった。

グラバーは五代の考えにすぐに同調した。

「日本に国際人が増えれば、倒幕は早まる」

これがグラバーの考え方だった。

五代は薩摩藩の家老、小松帯刀《こまつたてわき》を通じて上申書を藩に提出し、これはすぐに取りあげられた。

後に英国人からサツマ・スチューデントと呼ばれた薩英留学生の誕生だった。が、ここにひとつ問題が生じた。

留学生の選別は小松帯刀や大久保利通によって開校された開成所《かいせいじょ》に属する急進派の塾生と、藩の上士の子弟による保守的な門閥派のなかから厳選されたが、渡航寸前になって辞退者が出た。

理由は定かではなかったが、辞退者は門閥派の二人で、攘夷《じょうい》に固執するあまりの渡英に対する嫌悪感と推測された。そこで急遽《きゆうきょ》白羽の矢が立ったのが村橋直衛だった。

重役陣の前で直衛は頭を抱えた。

寝耳に水の話だった。

青天の霹靂《へきれき》といってもいい。

「で、おはん、どうするたい」

重役の一人が直衛の顔を覗きこむように訊いた。

直衛は答えられない。どうしていいかわからない。何しろ、相手はエゲレスなのだ。

見たことも触れたこともない、直衛にしたら化物が棲《す》むような所だ。

「で、おはん、どうするたい」

再び同じ問いが直衛の耳に響いた。

「おいは……」

ぼそっといって黙りこんだ。

そう簡単に答えられるはずがない。

「前任者から辞退者が出とるは事実じゃけん、決しておはんにも無理強いはせん。じゃが、行くか行かんかは、はっきり決めてほしいたい。駄目なら駄目で、早急に別の者を探さにゃあならんけん」

重役のいうことはもっともだったが、何しろ相手はエゲレスなのだ。直衛の胸には未知の国に対する恐怖感こそあれ、興味や憧れといったものはまったくなかった。

しかしこれは、島津久光直々の声がかりなのだ。それをむげに断るというのも……直衛の胸には様々な考えが現れては去っていく。いったいどうしたら……。

そのとき、重役の一人が高い声を出した。

「おはんも薩摩の武士《もののふ》なら、ぐだぐだ考えとらんで早う決めい」

怒鳴るような声でいい、

「出発は明後日じゃ、刻がないたい」

耳を疑うようなことをつけ加えた。

出発が明後日ということは、二日後。エゲレスに旅立つというのに、その準備は明日一日のみ。

「とんでもないにも、ほどがある」

直衛は胸の奥で呟いた。これは辞退するに限る。とても正気の沙汰とは思えない。最初からこんな状況では、この先どうなるか見当もつかない。

「辞退じゃ、辞退」

胸の奥でこの言葉を何度も反芻《はんすう》してから背筋をぴんと伸ばした。そして口を開こうとしたとき、妙な感覚が体の奥に湧きおこった。これはあのときの……直衛は思わず叫びそうになり、慌てて口を押えた。

ここで箍が外れた。

「行かせてもらいます」

こんな言葉が口から飛び出した。

自分でも信じられない言葉だった。

しかし、確かに直衛はそういったのだ。

「でかした。それでこそ、薩摩の武士たい。よう決めた。村橋直衛。ほんなこつ、おはんは、薩摩隼人《はやと》の鑑《かがみ》たい」

重役の安堵《あんど》の声が耳の遠くのほうで聞こえたような気がしたが、直衛の思いはそれどころではない。体中が何かに刻まれるように細かく震えていた。が、心の奥底だけは澄んでいた。

久成たちが英国船の寄港地である、東シナ海に面した羽島《はしま》に向かって鹿児島を出発したのは重役連のいった通り、二日後の一月の二十日だった。

一日かけて朝鮮陶工たちが住んでいた苗代川《なえしろがわ》まで行き、その夜はここで一泊。次の朝出発して市来《いちき》に行き、ここからは舟で羽島に渡った。

一行は羽島でグラバー商会が手配した、オースタライエン号に乗りこみ英国に向けて出航するはずだったが、その船がなかなか姿を現さなかった。

結局、羽島で丸二カ月待った。

しかし、この二カ月で萎縮していた心も徐々に戻り、一行の顔には明るさが蘇《よみがえ》ってくる。その意味では有意義な二カ月間といえなくはなかった。

薩英留学生の数は十五名。このうち十一名が町田民部《まちだみんぶ》を筆頭とする急進派の開成所の出身で、久成たち保守的な門閥派はわずか三人だけ、残る一名は医師である。これに外交使節として、五代友厚ら四人が随行した。

このすべてが、脱藩扱いだった。

幕末といえど、日本はまだ鎖国状態だった。もし、この行為が幕府に露見すれば、薩摩藩は国禁を犯したということで大変な咎《とが》を受けることになる。脱藩はそれを逃れるための方便といえるが、むろん藩を抜けたといっても密航は重罪で死罪は免れなかった。留学生たちが萎縮するのも無理はなかった。

そんななかで、久成だけが落ちついていた。どっしりと構えて、周囲からは奇異の表情で見られたが、そんなときはいつも笑みを浮べながら無言の対応をしたため、余計に妙な目で見られた。

これはまずいと、久成が頻繁に口にするようになった言葉が、

「世の中、なるようにしか、ならんけん」

こんな一言だった。

この言葉で久成の評価が少し変った。

「糞真面目だけかと思うたが、肝だけは据っちょる」

有難いことではあるが、これはすべて、あの箍が外れたせいである。あれから急に心が大きくなって度胸もついた。あれこれ細かいことに気を回すこともなくなり、一人前以上の大人になった気分が体中を支配していた。どうやら当分は、この状態がつづきそうである。当分は……。

一行を乗せたオースタライエン号は三月二十六日、香港に停泊。この後、船を乗り換

えて、シンガポール、セイロン島を経てスエズに到着。ここからアレキサンドリアまでは、汽車の旅になる。そのあとはまた船に乗りこみ、サザンプトン港に——。

「しかし、あの蒸気機関車というやつは凄か。ありゃあまるで、化物たい」

手枕をしたまま独り言をもらすと、廊下につづく襖《ふすま》がぽんぽんと叩かれた。

「村橋さん、おられますかいね」

あれは堀田の声だ。

「おります——」

久成はゆっくりと体を起こして立ちあがり、入口の襖戸をがらりと開けた。

「失礼しても、よろしいですか」

堀田が笑みを浮べて訊いた。

「あっ、もちろん、もちろん」

久成も顔を崩していい、八畳の居間に堀田を招き入れる。

「ところで、何か独り言のようなものが、襖のこちらまで聞こえてきましたが」

座りながらいう堀田に、

「聞こえましたか、あれが。よほど大きな独り言だったようですな——あれは、留学生時代に乗った蒸気機関車を思い出して、ついそれが声になってしまいもした」

頭を掻きながら久成は答える。

「おう、薩英留学生の際の、驚きあれこれですか。それはぜひ一度、詳しく教えてもらいたいものですな」

と堀田はいってから、

「それはそれとして、例のビール醸造所の件、何か音沙汰はありましたか」

目許を緩ませた。

「いや、何の音沙汰もありません。そろそろあってもいいころだとは思っていますが」

逆に久成は不安げな声をあげた。

「私も、そろそろ吉報が届いてもおかしくないと思って、今日ここへ伺ったんですが」

堀田は独り言のようにいい、

「まあとにかく、ここを出て祝杯をあげに行きましょう。そうだ、先日行った、牛鍋屋はどうですか。陽が落ちれば、それほどの我慢鍋にはならないでしょう。そうだ、そうしましょう。村橋さんに伝えなければならないこともありますし」

うながすようにまくし立てて、久成を誘った。

外に出ると陽は落ちかけていて、涼しげな風が吹いていた。久成は堀田と二人、天陽院裏に向かってゆっくり歩いた。

伝えなければならない話とは何だろうと考えつつ『志茂田』の暖簾をくぐると、今日も混んでいた。すぐに小女がやってきて二人は奥の席に案内される。しばらくすると、七輪と鉄鍋が運ばれてきて、香ばしいにおいが久成の鼻をくすぐる。

「じゃあ、まずは祝杯ということで」

堀田がこういって、二人は盃をちょっと当てる。

「祝杯はいいんですが、まだ返事も届いていないのに、少し気が早すぎるような気もしますけんが。それに、ひょっとしたら、上申書は却下というこつも」

心配そうな言葉を久成は出す。

「何をいってるんですか、村橋さん。黒田長官の腰巾着である私が祝杯をといってるんですから。これほど確かなことはないでしょう」

いわれてみればその通りではあるが、まだ一抹の不安は拭えない。

「黒田長官から了承の返事を堀田さんは聞いてるんですか」

「聞いてはいませんが、別口の件を少々……」

面白そうに堀田はいった。

「別口の件とは、それはいったい」

興味深そうな目を向ける久成に、

「村橋さん、そう慌てないで。おいおいと、おいおいと。そんなことより、さっきの蒸気機関車の話をしてくれませんか。村橋さんが驚いたという」

堀田は子供のような目を向けてきた。

「蒸気機関車ですか――あれは」

久成も弾んだ声をあげ、

「まずは、食べながら話をしませんか。せっかくの牛肉が煮つまってしまう」

卓子の上の箸を取った。

「ああ、そうですね。食べながら話をするのがいちばんいいですね」

堀田もすぐに同意して、二人は口をはふはふさせながら熱い牛肉を口に運ぶ。

「蒸気機関車は凄かもんです。何しろ、轟音《ごうおん》を響かせながら、重い箱型の車輛《しゃりょう》をいくつも引っ張って鉄の線路の上を馬より速く、ひた走るんですから」

感心したようにいう久成に、

「ほうっ、馬よりも速くですか」

堀田も感嘆の声をあげる。

「羽島から乗った、外海用のオースタライエン号にも驚かされましたが、大雑把にいってしまえば大小の差はあっても船は日本にもありもす。しかし、蒸気機関車に代るものはこの日本にはありません。較べるものがないというのは、驚きというより畏れといったほうがいい。あのとき、おいは心の底から恐怖を感じもした」

ぴたりと久成は口を閉じた。

「驚きよりも、恐怖ですか」

堀田の箸が止まった。

「こんなものを持っている国と戦をしても、勝てるはずがない。心底からそう感じたんです。大人と子供の喧嘩になると」

低すぎるほどの声でいった。

「大人と子供の喧嘩ですか――最初からそれでは先が」

堀田は吐息をもらし、

「村橋さんは確か、ロンドン大学で陸軍学を勉強なされたと」

尊敬の眼差《まなざ》しで久成を見た。

「渡航前の予定では海軍学でしたが、むこうに行って陸軍学に転向しました」

「それには何か理由が？」

興味津々の目が久成を見た。

「特に理由などはありません。おいには海より陸のほうが合ってるんじゃないかと思っただけで」

首を振りながら久成はいうが、これは正真正銘の本音でもあった。それが証拠に、英国留学で久成がいちばん感動したのは、ベッドフォードにある、ハワード農園を見に行ったときだった。

見渡す限りの農地が広がり、そこで動いていたのは牛馬に引かせる鋤《すき》ではなく、機械じかけのものだった。動力は蒸気機関、刈取機も同様だった。久成はこれを見て、不覚にも目頭が熱くなった。薩摩では百姓たちが地べたを這いずりまわって……あまりにも差がありすぎた。日本は遅れていた。

このことを久成は素直に堀田に述べた。

「牛馬ではなく、蒸気機関の機械ですか。エゲレスでは、そんな農業がごく普通に行われていたんですね。そして、それを目の当たりにして村橋さんは目頭を――村橋さんが北海道の農業に一所懸命になるゆえんともいえる出来事ですね」

納得したようにいう堀田に、

「おいは土が好きなんです。武士の家に生まれてくるよりも、百姓のほうが性に合っていたのかも――いや、日本の百姓はあまりにも苛酷《かこく》というか何というか。そのためにも、近代農業をこの国に根づかせないと」

久成はこう口にしてから、西洋の近代農業の様子を熱っぽく堀田に語った。

「なるほど、村橋さんの農業好きは筋金入りのようだ。私のような、いいかげんな人間には頭の下がる思いです。いや、立派なものです、ご立派です」

堀田は久成に向かって深く頭を下げた。

真摯な態度に見えた。

「そして麦の酒、ビールにたどりつくわけですね。あの、大地の恵みに」

堀田は呟くようにいい、

「ビールの味はロンドンでですか」

と訊いてきた。

「そうたいね、ビールの味を覚えたのはロンドンです。ロンドンにはパブという店が至るところにあって、常に大勢の人でごった返していますけん」

「パブですか？」

「そう。正式な名称はパブリック・ハウスですが、パブで通っていますけん」

「パブリック・ハウス？　日本語に訳すと、どうなるんでしょうか」

堀田が奇異の目を向けた。

「日本語にですか……」

久成はううんと唸ってから、

「みんなの居酒屋ですかね――申しわけない、幼稚な日本語で」

恥ずかしそうにいった。

「みんなの居酒屋ですか――いいですよ、実にいい。何となく雰囲気がわかるような気がします。要は、この牛鍋屋のようなところに大勢のエゲレス人が集まって、ビールを飲んで騒いでいる。そういうことなんでしょう」

いってから堀田は嬉しそうに笑い、つられて久成も声をあげて笑った。

鍋の肉は、ほとんどなくなっていた。

先日同様、大根の漬物と追加の酒を頼んで二人は話に花を咲かせた。

「ビールはいい。味がいい、色がいい、喉の滑りがいい」

久成は歌うようにいってから、

「いちばんいいのは原料が麦だということです。米ではなく麦。何となく嬉しくなりませんか、堀田さん。最初は高価になるでしょうが、大量にできるようになれば、必ずや値段は下がって安くなるはずです。正に労働者の酒です。やがて日本の、みんなの居酒屋にもビールが溢れ、仕事帰りの人たちで大賑《おおにぎ》わいになるはずですけん」

上機嫌で久成はいった。

少し酔ったようだ。

「そのためにも日本で初めてのビール醸造は成功させないといけませんね。そして、醸造所の建設は北海道の地でないと――実は私」

堀田は言葉を切って久成を見た。

「黒田長官から村橋さんへの言伝《ことづ》てを、いいつかっています」

思いがけない言葉が飛び出した。

話があるというのは、この件だ。

久成の酔いがすうっと醒《さ》めていった。

「村橋さんと一度、酒が飲みたい。黒田長官はこういっておられました。それで、いつがいいか都合を訊いてこいということで、なるべく早くがいいそうです」

すらすらと堀田はいった。

「都合って、おいの都合を……そんなもんは命令すればすむこつでは」

自分にいい聞かせるようにいう久成に、

「村橋さんは黒田長官にとっては、お殿様ですから。というより、命令して呼びよせた村橋さんに手討ちにされるのが、本当は怖いんじゃないですか」

嘘か本当か、わからないことを堀田はいった。

「そのとき、長官はどんな様子でしたか。顔色とか機嫌とか」

気になっていることを口に出した。

「機嫌も顔色も普通でしたね。いつもと変りはありません」

「それにしても……」

久成は呟くようにいい、

「一緒に酒を飲むというこつは、そのとき、醸造所の件を明らかにするつもりなんでしょうか、東京か北海道かを。おいとの話し合いで、醸造所の場所を」

緊張した面持ちでいった。

「明日、明後日くらいに上申書の結果が届かなければ、そういうことなんでしょう。しかし私は、黒田長官はすでに北海道に決めている、そんな気がしてならないんですが。確証はないんですけど……」

「決めているのなら、何も、おいを酒の席に呼ばなくても。おいを酒の席に呼ぶ理由がわかりもはん」

首を振る久成に、

「旧交を温める。そういうことじゃないんでしょうかね」

堀田は小さくうなずいていった。

「旧交ですか、おいと長官が」

という久成の言葉にかぶせるように、

「で、いつにしますか」

堀田は短く訊いた。

「醸造所の件が絡んでいるのなら、早いほうがいいですね。じゃあ、明後日の夜というこつでどうですか」

きっぱりと久成はいった。

もし黒田が東京建設を押し通すつもりなら、いうだけのことはいうつもりだった。理はこちらにある。黒田の横車は何としてでも、阻止しなければならない。

久成が腹を括ったところで、

「村橋さん」

と堀田が声をかけた。

「杖《つえ》を一本持っていくといいかもしれませんよ。それを長官が見れば必ず、白刃が仕込んであると思うはず。そうなれば、交渉はすぐにまとまるはずですよ」

突拍子もないことを口にした。

「仕込杖代りの、杖を……」

呆気にとられた表情で声を出すと、

「そこへ直れ、手討ちにしてくれるですよ。私にはそれが、いちばん手っ取り早いような気がします」

堀田は面白そうに笑った。

「あっ、申し遅れましたが、その夜は私も同席だそうです」

軽く頭を掻いた。

何とも妙な男である。

次の日も、その次の日も上申書の返事は届かなかった。

そして、その夜は黒田と会う約束の日だった。久成は堀田と一緒に開拓使を出て、人力車で約束の場所である柳橋に向かった。

奥の座敷に案内され、久成と堀田は部屋の隅に座って黒田の到着を待った。黒田はほどなくして姿を現したが、取りまきはいなくて一人だった。

「待たせてしまいもした。すまんこつばしました」

黒田はやけに謙《へりくだ》ったいい方をして座敷に入ってきた。久成と堀田は額を畳にこすりつけて、黒田の言葉を受けた。

「昇介どん。そんな隅に座っちょらんで、今夜は上座のほうへの、今夜はの」

黒田は久成のことを昇介と呼び、そのうえ久成を上座に誘った。

「いえ、とんでもない」

と久成が辞退の言葉をあげると、

「堀田、昇介どんを上座へ」

厳しい口調でいった。

すぐに堀田が動き、有無をいわさぬ動きで久成の体をつかみ上座に座らせた。思いの外、握力が強かった。

「村橋さん、今夜だけは」

耳許で小さく呟いた。

「そんでええ、何といっても昇介どんは、ビール造りの立役者。こんなときぐらいは上座にいてもらわんとの」

機嫌よくいって、黒田は久成の向かいに腰をおろし、堀田はさらにその下手に正座した。場が整ったところで黒田が両手をぱんぱんと鳴らし、すぐに仲居たちが料理と酒を運びこんできた。

「今夜は女子《おなご》抜きの無礼講たい。男三人だけで、とことん鯨飲《げいいん》たい。酌も昇介どん流に、手酌でいこうたいね」

黒田がこういい、三人はそれぞれ手酌で自分の盃に酒を満たした。しかし、久成流に手酌とは……これは多分、堀田からの入れ知恵に違いない。

黒田の音頭で乾杯し、開拓使長官主催の宴会が始まった。

「ところで長官、例のビール醸造所の上申書の件ですけんじょが」

久成から先に切り出した。

「おう、あの上申書のう、よう、できちょるとおいは思うたが。さすがに、ビール通の昇介どんじゃ、的を射ておるのう」

黒田は機嫌よく答えた。

「それでは、醸造所は北海道に造るということで」

久成は声を張りあげた。

「それはそれとして」

黒田はその言葉をはぐらかすようなことをいい、

「昇介どんが北海道を好きなように、おいも北海道が好きじゃ。いや、好きというより、常に爆弾を抱えている地じゃと、おいは思うちょる」

絞り出すような声でいった。

「爆弾というと、ロシアですか」

掠れた声で久成がいうと、

「ロシアの政策は常に南下じゃけん――放っておけば、北海道はすぐにロシアに呑《の》みこまれてしまうのは必定。何といっても我が日本国とロシアの間では国境線問題がの」

宙を睨んで黒田はいった。

「その問題は、この五月に――」

低い声を久成は出す。

「そうじゃの、榎本どんが、ようやってくれた。こちらの思惑通りに国境線を引くことができて、政府もひとまず胸をなでおろしているのは確かじゃが……」

黒田は言葉を切って再度宙を睨んだ。

榎本とは旧幕府軍の最後の砦《とりで》である箱館五稜郭に立てこもって、黒田清隆を総大将とする新政府軍と対峙した、榎本武揚のことである。久成もこの戦いには加治木砲隊の長として参戦し、榎本軍と刃をまじえていた。

この後、新政府軍に降伏した榎本は国際法に精通した知識人として明治政府に招き入れられ、駐露公使としてロシアとの国境問題に着手。ロシア側と何度も交渉を重ねた。

このときの日本政府の思惑は、樺太《からふと》と千島《ちしま》列島の対等交換だったが、全千島を押えられればロシア海軍は太平洋に出る航路を失うことになる。ロシアがそんな条件を呑むとは到底考えられなかった。

だが榎本は粘りに粘って、千島全島を日本側に譲れと迫った。ロシア側はカムチャツカ半島の五つ手前のオネコタン島までならと譲歩するが、榎本はカムチャツカのすぐ手前、シュムシュ島までの全島を譲れという姿勢を崩さなかった。

実はこのときロシアは、宿敵ともいうべきイギリスと一触即発という危うい局面に立たされていた。どうやら榎本は、この秘密情報を握っていたようである。だから、ロシアは必ず折れるはずだと。

榎本の読み通り、切羽つまったロシアは交渉打切り直前で折れ、サンクトペテルブルク条約、いわゆる樺太・千島交換条約が結ばれた。これがつい先日ともいえる、五月のことだった。

「榎本どんはようやってくれたが、これで北海道は安泰というわけにはいきもはん。ロシアは必ず南下してくる。おいはそう見ちょる。しかし、これでしばらく安堵できるというのも事実たい。その間に北海道を一人立ちさせにゃあならん。そうでなきゃ、おいは死んでも死にきれん」

重い声で黒田はいった。

「すると長官は、いずれ日本とロシアは交戦状態になると見ておられるのですか」

驚いた口調でいう久成に、

「なる――」

黒田は一言だけいって腕をくんだ。

沈黙が流れた。

「昇介どん。斉彬様がご存命のとき、こんなことをおっしゃっていたことを、覚えているだろうか」

ふいに黒田が口を開いた。

島津斉彬も北海道のことは常に念頭に置いていたようで、ある幕府の重臣がロシアに対抗するためには早急に彼《か》の地に兵を置くべしと口にしたことに対し、こんな言葉を発したという。

「兵よりも民。まずは多くの民を蝦夷地に入植させ、蝦夷地を実効支配しているのは我が日本国であることを、ロシア側にはっきり認識させねばならん。それが、喫緊の課題でござる」

これが、島津斉彬の北海道に対する見方だった。

「おいも、そう思う。斉彬様のいう通りばい。まずは北海道の確実な実効支配。そんためには人を増やさねえと。現在の北海道の人の数はあまりにも少なすぎるばい。じゃけん、産業をおこして、みんなが食っていけるようにせんとのう。農業、漁業、畜産業……北海道は大自然の宝庫じゃ、みんなが食っていく手段は、いくらでもあるはずじゃけん、その地ならしを我々の手で何とかせんとのう。ロシアとの大戦《おおいくさ》はそのあとじゃ」

　自分にいい聞かせるように黒田はいった。

　真剣そのものの口調だった。

　この人もやはり、北海道が好きなのだ。

　いってから黒田は懐をさぐり、懐中時計を取り出した。

「おう、もうこんな時間たいね」

　久成のほうに視線を向け、

「すまんたいね、昇介どん。次の約束があって、おいはそろそろ、おいとませんといかんこつになった。やっぱり、無礼講の鯨飲は無理じゃった。すまんこったい」

　怒鳴るような声でいった。

「それで長官、あの醸造所の件は」

　久成は慌てて腰を浮した。

　これも怒鳴るような声だった。

「おう、そのこつ、そのこつ。あれは昇介どんの思う通りに進めてくれればいいたい。

おいには何の文句もなか」

　鷹揚な声だった。

「それじゃあ、ビールの醸造所は北海道に造る、それでいいですね」

　久成は黒田に向かって深々と頭を下げた。

「ありがとうございます。ほんなこつ、ありがとうございます」

　思わず声が上ずった。

「何をそんな水臭いこつを。おいと昇介どんの仲じゃなかとね。お殿様から、そんな頭を下げられちゃ、おいはどんな顔をしたらいいのか、困ってしまうけんに」

　黒田はお殿様といった。

「水臭いことをいうなとおっしゃるのなら、ひとつだけ、長官に頼みがあります」

　久成の言葉に一瞬、嬉しさのようなものが黒田の顔に走った気がした。久成が黒田に頼み事をするのは、初めてだった。

「おいを、札幌在勤にしてもらえませんか。東京在勤では、できるもんもできないこつに。お願いいたします、何とぞ」

　久成は頭を思いきり下げた。

「そんなこつは、昇介どんの好きにすればええ。そのほうが働きやすいというなら、そうしたらええ」

黒田はそういってから、

「堀田、役所の連中に黒田がそういっとったと、ふれを回しておけ」

堀田に向かって怒鳴った。

「承知いたしました」

堀田の言葉に黒田は大きくうなずき、

「そんならまたな、昇介どん」

いたわるような言葉をかけ、大股で座敷を出ていった。

ほっとした思いが久成の全身をつつみこむ。

これでビールに専念することができる。

長年の夢が叶《かな》うのだ。

ほっとした思いで肩の力を抜いていると、

「よかったですね、村橋さん」

堀田から声がかかった。

「ほんなこつ、よかったです。こんなにすらすらと話が運ぶとは、思ってもみない展開でした」

「全面勝利ですよ、村橋さんの。ということは、黒田長官の全面敗北――そういうことになるんですが、なんで黒田長官は、あんな負け方をしたんでしょうね」

珍しく堀田が疑念の思いを口にした。

「大体、醸造所を北海道に造る件を認めるだけなら、文書でも堀田さんへの口頭でも用はすむはず。それをわざわざ、こんな料亭にまで呼び出すという真意がわかりません。奇妙すぎます」

久成も首を傾げる。

二人は首を傾げながら、酒を飲んだ。

「まあ、黒田長官は先にも話した通り、かなり屈折した心の持主ですから、何が起きたとしても不思議ではないですけど」

堀田は自分にいい聞かすように呟いてから、

「いや、ちょっと待てよ」

手にしていた盃を膳の上に置いた。

「贖罪《しょくざい》……いや、罪滅ぼしかもしれませんね。これまで村橋さんに行ってきた、様々な嫌がらせに対する」

穿《うが》ったことをいった。

「あれが罪滅ぼしだとすると、長官は今までを悔い改めて、ちゃんとした人間に生まれ変るというこつですか」

久成も盃を膳の上に戻す。

「そうではないと思います。そこまで殊勝な考え方をする人だとは思えません。そんな、やわな考え方をしていたら、とうに政治の中枢からは葬り去られています」

きっぱりした口調で堀田はいい、

「これまでのことを、ご破算にしただけだと思いますよ。つまりは、チャラ――真白な気持になって新たな嫌がらせが、この先始まってくるような気がしますよ」

吐息をつきながらいった。

「真白な気持になって、新たな嫌がらせですか。もしそれが本当なら、何ともまあ歪んだ心根というか、実に面倒臭い人というか、変った人ですね」

久成は膳の上の盃を取りあげ、手酌で酒をつぐ。

「そう、実に変った人格の持主であることは間違いありません。そして、その変った人格の持主である黒田長官が、北海道のこれからを心から憂いているのです。あの心情は本物です。村橋さん同様、黒田長官は北海道が好きなのです」

黒田を擁護するように一気にいった。

「それはおいも認めます。黒田長官の北海道に対する思いは本物です。それに異論はありもはん」

久成も賛同する。

「さらにいえば、村橋さんの存在が、長官の精神に複雑な影響を与えているのも事実です。そのために長官の行動は、ときに意地悪くなり、ときに優しくなる。つまり、長官の胸のなかには村橋さんを大事にしようという気持と、粗略にあつかいたいという気持が同居していて、長官自身、この相反する二つの気持の取りあつかいに苦慮しているのも事実のように思われます……簡単にいえば情動の不安定、そういうことになるんでしょうね」

堀田は一気に喋り、手酌で盃に酒をついでごくりと飲んだ。

「そういうこつなんでしょうね。多忙すぎるうえに、変った人格。周りには敵も多いでしょうし、重責ゆえについてまわる、様々な苦労は大変なものなんでしょう。そういった意味では、大した人物なんだろうと思いますよ。頭が下がりますよ」

心に感じたままの気持を久成が素直に口にすると、

「有難うございます」

堀田が頭をぺこりと下げた。

「実をいいますと、私は黒田長官のその責任感の強さと支離滅裂なところが、決して嫌いじゃないんです。なかなか魅力的な人ではあります。だから、こうして腰巾着もやっていられるということです」

そういうことなのだ。堀田は黒田が好きなのだ。

「今は北海道の官職は薩摩閥で占めていますが、これを長州勢が虎視眈々《こしたんたん》と狙っているのも事実です。このあたりにも目を光らせていないと、ロシアどころか長州勢に北海道は乗っとられてしまいます。だから、黒田長官には頑張ってもらわないと」

　笑いながら堀田はいい、

「でもこれで村橋さんも、大手を振って北海道に行けますね。何といっても、黒田長官の御墨付を手にしたんですから──それでいつ向こうへ発《た》つんですか」

　唐突に訊いてきた。

「行くのは、まだ先ですよ。醸造所変更のためのあれこれもありますし、機械や設備の手配もあります。それに、早急にビール職人の中川清兵衛《なかがわせいべえ》という人にもあって、ビール造りの実作業の工程もつめなければなりませんけん。第一、その中川という人とはまだ面識もないし、契約もしていませんから。すべてはこれから。それが一段落したら、札幌にある開拓使本庁に向けて出発します」

　まだまだ、やることは沢山あるのだ。

「当然、醸造所建築も札幌ということになるんでしょうね」

「そうですね、札幌ですね。日本のビール、第一号の発祥の地ですね」

　久成は嬉しそうにいい、

「札幌はいい、実にいいですよ、堀田さん。自然もいいが食べ物もいい、それに……」

と口にしたところで、久成の脳裏に一人の女の顔が鮮やかに浮びあがった。

「由紀《ゆき》殿……」

掠れた声が出た。

「えっ、村橋さん。今、何ていったんですか。私には女の名前に聞こえたような気がしたんですが、まさか村橋さんに限って」

堀田の声がぼんやりと耳に響いた。

「それはまあ、何といったらいいのか」

曖昧な言葉が口から出た。

久成の胸は疼《うず》いていた。

封印しておいたはずの女の名前だった。

「由紀殿……」

今度は胸の奥で叫ぶようにいった。

久成の全身が甘酸っぱさにつつまれた。

あの不思議な女にまた逢《あ》える。

久成の胸がまた疼いた。

五　由紀という女

久成が由紀という、不思議な女に出逢ったのは去年のことだった。

このころ久成は札幌本道脇に広がる三百万坪におよぶ七重《ななえ》開墾場の測量と区画整理、北海道内の開拓と北辺防備のために召集される屯田兵《とんでんへい》用の宿舎建設に追われていた。

宿舎の建設場所は、久成が最初から頭に描いていた、札幌に近い琴似《ことに》村ということにはなったものの、ここに決定するまで二転三転して難航を極めた。

久成は開拓使本庁主席の松本十郎《まつもとじゅうろう》大判官と反りが合わなかった。久成は現実を直視する堅実派だったが、大判官は唯我独尊の独断派——性格も仕事に対する方法論も合うはずがなかった。松本は久成の意見や主張に対して、ことごとく異を唱えた。

久成は松本のような人間が苦手だった。

権威と恫喝《どうかつ》で自分の側に取りこみ、さらに懐柔策を用いて人を意のままに動かそうとする人間と合うはずがなかった。

久成は疲れきっていた。

こんなときには酒を飲むに限ると、開拓使本庁裏の官舎から一人で外に出た。

星が綺麗だった。目に眩しいほどの星空だった。背後に目をやると、中央に円楼を設けた、西洋風の豪壮な建物が黒い影となって立っていた。開拓使本庁の建物である。建物の最高部には、その象徴ともいえる北辰旗《ほくしんき》がなびいている。

建物に背を向け、本庁の人間から昼間聞いた、飲み屋街のある方角にむかってゆるゆると歩いた。

やがて目の前に現れたのは派手な灯りをつけた、やたら目立つ三階建ての大きな日本家屋だった。家屋の前には多くの人間が、たむろしていた。近づくと、入口上に立派な看板が張りつけてあった。

『貴北楼《きほくろう》』と読めた。

これが札幌で唯一の娼館《しょうかん》だった。

が、久成は娼館に用はない。元々女性を金銭で自由にするなどとは、許されない行為だと久成は思っている。しかし貧困のため、体を売らなければ暮していけない女性がいるのも確かだった。これをどうしたらいいのか。現状ではいくら考えても、答えの出ない問いだった。

久成が店の前から左に折れようとすると、若い男がやってきた。どうやら客引きのようだ。

「兄さん、いい女がいるだべよ。れっきとした士族の奥方から、初物そのままの武家娘まで。選《よ》り取《ど》り見取りの、いいとこ取りだ。ちょっと寄って遊んでいきなよ」

久成はすぐに顔をそむけた。

殴ってやりたかったが、腕力には自信がないので我慢した。棒きれでもあれば一太刀の打ちで何とでもなるのだろうが、そんなものが都合よく、そこいらにあるはずもない。

久成は店の前を抜けて通りを歩く。娼館に群がる客目当ての飲み屋が何軒も並んでいた。横町にそれて歩くと、古ぼけた飲み屋が一軒あった。

腰高障子には『いろは』とあった。

久成は障子を開けて、店のなかに入りこむ。

「いらっしゃい」

すぐに女の声が響いてきたが、声の主は奥の卓子の前に一人で座りこみ、手酌で酒を飲んでいた。

入口脇の卓子の前に座りこんだ久成が周囲を見回すと、十人ほどの男たちが黙って酒を飲んでいる。連れ立ってきている者もいたが、ほとんどが一人だけの客だ。話し声はほとんどない。何やら妙な雰囲気だ。

奥で一人で酒を飲んでいた女が、ふらりと立ちあがって久成の前にきた。

「お客さん、何にしますか」

ふわっとした声で訊いて久成を見た。

どきりと胸が鳴った。

美しかった。

切れ長の二重の目に、すっとした鼻。その下の唇はやや厚く、柔らかそうな顎は細かった。眉だけが凜として濃かった。そして、肌の色が抜けるように白かった。

「ああ、酒と肴は見つくろって」

不覚だったが、声が震えた。

女は厨房に注文を通しにいった。

しばらくして、盆を手に戻ってきて、上にのっていた焼魚と銚子《ちょうし》一本と盃を卓子の上にそっと置いて、久成の前に座りこんだ。

「どうぞ」

銚子を取りあげた。どうやら酌をしてくれるようだが、久成は手酌と決めている。が、辞退の声は口から出てこなかった。

「あんたが、この店の主人なのか」

低い声で訊くと、

「私はこの店に置いてもらっている身」

妙なことをいった。

それなら主人は厨房のなかかと、そちらに目をやると年老いた女がこちらを見ていた。どうやらこの女が主人らしい。

つがれた酒を一息で飲みほすと、女が銚子を揺すって次をうながした。盃を出すと、すぐに酒がつがれたが、久成は盃をいったん卓子の上に戻す。

「置いてもらっている身とは、どういうこつなのかね」

気になったことを訊いた。

「ここに置いてもらっている私は――」

女は言葉を切って、卓子の上の久成の盃を手にしてきゅっと飲んだ。

「売りもの、買いもの、見るだけは只《ただ》の女」

そっと盃を戻して歌うようにいった。

「売りもの買いものって、それじゃあ、あんたは」

喉につまった声を出した。

「そう、そこの娼館と同じ類いの女。違うのは置かれている場所だけ」

「つまり、あんたはこの店の奥に座って、酒を飲みながら客が現れるのを待っている。そういうこつなのか」

久成の言葉が詰問調に変った。

「そういうことです、そういう女なんです」

女は低い声でいってから、

「でも、いつもお酒を飲んでるわけじゃありません。今日はたまたま飲みたくなって、そこへ、たまたまお客さんがやってきただけのこと」

女はきちんと理由を並べた。

「いつから、こういうこつを」

「一年ほど前からですけど。駄目ですよ、そんなことを訊いては。そういうことを訊くのは馴染みになってから――初対面で訊くことじゃありません」

女はいって卓子の上の盃に酒を満たした。

「なら、あと二つだけ訊きたいんだが、どうだろうかの」

「えっ」

女はほんの少し笑みを浮べ、

「二つだけ訊きたいって――何だか正直で律義なお客さんですね。いいですよ、二つぐらいなら」

面白がっているような口調だ。

「さっきのあんたの言葉のなかで、売りもの、買いものはわかったんだが、見るだけは只という、最後の言葉がよくわからない」

女の顔から視線を外して訊いてみた。

正面から見るには眩しすぎる顔だった。

「言葉通りですよ。どんな女だって、見るだけなら只——そういうことです。ただ……」

じろりと女が久成を見た。

つられて久成も女を見た。

凄絶《せいぜつ》なほど美しい顔が、そこにはあった。

「私、高いんです」

凄絶な顔がぽつりといった。

何をいわれたか、わからなかった。しばらくして「あっ」と久成は声をあげた。

「つまりはこういうこつか。本当はあんたを抱きたいんだが、あまりの額にどうすることもできんけん、ただ酒を飲みながら、ひたすらあんたの顔を見ていくだけ。そういうこつなのか」

感心したように久成はいった。

「そういうことです。もっともこれは私が決めたことではなく、自然にそうなっていっただけのことですけど」

そうなると、ここにいる十人ほどの男は、見るだけは只の客ばかり。だから黙って酒を口に運んでいるのだ。久成はようやく、この店のなかで何が起きているかを理解した。

「高いって、いったいあんたの体の値段はいかほどの価なんだ」

　思いきって訊いてみた。

「私の値段は――」

　といって女の口にした金額は誰が聞いたとしても高かった。売れっ子娼婦の十倍ほどはする金額だった。貧乏人にはとても手が出るような金額ではなかった。

「お客さんは、私を買ってくれるんでしょうか」

　ふいに女がいった。

「それだけ高いと、やはりちょっとの」

　嘘だった。無理さえすれば買えないことはなかったが、女を買うという行為に久成は同意できない心情にいた。

「なんだ、お客さんも、見るだけは只の人ですか。ちゃらっと洋服なんぞ着て、ちょっと見には、羽振りがよさそうに映ったんですけどね」

　と残念そうにいって、立ちあがりかける女に久成は声をかける。

「最後にもうひとつだけ。本当はこれが訊きたくての」

「何ですか」

　女が体を卓子の前に戻す。

「あんたの名前を、教えてほしいんだが」

訊きづらそうに口に出した。

「私の名前ですか」

女は低い声でいってから、背筋をぴんと伸ばした。

「由紀と申します。よろしゅうに」

両手を膝に置いてゆっくりと頭を下げた。

動きがぴたりと決まっていた。

武家の出に間違いない。

しかし、この変りようは。

それまで明るかった女の雰囲気が、一瞬にして変った。明るさが暗さに変り、凛とした沈んだ緊張感が女の全身をつつみこんだ。気品さえ感じさせた。

久成は息をのみ、由紀と名乗った女の顔を真正面から見た。目を細めた。美しすぎた。

そのとき、久成の体の奥で何かが動いたような気がした。

あれがくる。

箍《たが》が外れる。

久成は緊張した。箍の外れた自分は、いったいどんな行動をとるのか。見当がつかなかったが、ひょっとしたら……。

「どうかしましたか、お客さん」

怪訝な表情で由紀が久成を見ていた。

そして、この由紀の一言で久成の体の奥の動きがぴたりとやんだ。箍は外れなかった。訳がわからなかったが、これで久成が事なきを得たのは確かだった。

これが、久成と由紀が最初に出逢ったときのことだった。


この後、久成はちょくちょくと由紀のいる『いろは』に顔を出した。むろん、見るだけは只の客だったが、もし、このとき箍が外れたら……それはそれで仕方がない。成行きに任せようと腹を括っていた。

女の姓名は村瀬《むらせ》由紀。

久成も自分の名前や仕事を教えるところまではいき、それなりに親しくはなっていったが急速な進展はなく、箍の外れる兆候もあれ以来なかった。

ある夜、由紀がこんなことをいった。

「村橋さんは言葉の訛りから推測すると、薩摩のお方ですか」

じっと久成の顔を見た。

「あっ、これは――正しく由紀殿のいう通り、おいは元薩摩藩の武士でありましたけんが、ひょっとして由紀殿は我が藩と刃をまじえた側の……」

語尾が徐々に掠れていった。

「私は会津《あいづ》の女子でございました」

ぼそりとした調子で由紀はいったが、やはり凛とした気配が全身には漂っていた。

「会津ですか、会津……」

唸るような声を久成は出した。

戊辰戦争の際、薩長は徹底的に会津を叩きのめした。蹂躙《じゅうりん》した。そこに数々の悲劇が生まれ、白虎隊《びゃっこたい》の顚末《てんまつ》はあまりにも悲惨だった。

久成は卓子の上に、がばっと身を伏せて額をこすりつけた。

「すまんこつをしました。誠にすまんこつをいたしました。許してくれとはいいませんけん、何とかこらえていただければ、何とかこらえていただければ」

必死の思いで久成は訴えた。

店のなかの客が、いったい何事が起きたのかと奇異な表情で二人を見ていた。興味津々の顔だった。

「すんだことですから」

由紀はぽつりといい、軽く頭を下げて久成の前から離れていった。

見ていた客の間から溜息《ためいき》がもれた。由紀は何をしても絵になる女だった。姿もよくて、背もすらりと高く腰も細かった。

このあとも由紀の久成に対する態度は変らず、いつものように淡々と接した。

嫌なものを見たのは、店に通い出して六度目ほどのときだった。

でっぷりと太った商人体の男が店を訪れ、由紀のところに行って話をしたあと、二人は連れ立って二階に消えていった。

大枚を払って由紀を抱きにきた客だ。

店にいる客の様子にも緊張感が漂っているのがわかった。見るだけは只、という野次馬的な気持ではない。ここに足繁《あししげ》く通う客は、できるなら由紀に幸せになってもらいたい。そんな思いになっている者ばかりに見えた。

久成もそうだった。抱きたい気持はむろんあったが、それよりも何よりも由紀には幸せになってほしい。そんな思いが久成の心の大半を占めていた。

太った男は半刻ほど過ぎてから、階段をおりてきた。男は軽く会釈をしながら、ひっそりと店の出口に向かった。みんなの視線が男の体に突き刺さるように注がれる。

しかし、店の主人に何割かがぴんはねされたとしても、かなりの額の金が由紀の懐に入るのは確かなことなのだ。それで良しとするのがいちばんのように思えた。

その夜、いくら待っても、由紀が下におりてくることはなかった。

この出来事があってから三日後、久成が由紀のいる店に行こうと路地を曲がると、数間先の軒下の陰に不審な人影を見かけた。両刀を腰にたばさんだ侍体の男だ。

男は腕をくんで、ひっそりと軒下の闇のなかにたたずんでいた。伸びた月代《さかやき》の上には髷《まげ》がのっていた。面体は定かではなかったが、年を取っているようには見えなかった。

　店に入り、いつものように酒と肴を頼んで待っていると、由紀が盆の上に注文の品をのせてやってきて久成の前に座った。

「さっき、妙なものを見たんだが」

　と久成は軒下にたたずむ武士の話を由紀にすると、

「良人《りょうじん》です」

　と、ぽつりといった。

「あの侍は、由紀殿のご亭主。そういわれるのか」

　驚いた口調で久成はいう。

　迂闊《うかつ》だったが、由紀に亭主がいるなどとは、今まで考えたこともなかったし、訊きもしなかった。由紀は独り身。ずっと、そう思いこんできた。

「由紀殿に、ご亭主がいたとは――いや、まったく知りませんでした。青天の霹靂《へきれき》というのはこのこつですたい」

　皮肉まじりにいってやると、

「隠すつもりはないですけど、そういうこと、村橋さんは訊いてこなかったから……扶持をなくした食いつめ浪人です。だから、ああして私のことを、あそこで」

　低い声で由紀はいった。

「由紀殿は独り身――そう決めてかかっていましたけん。いや、驚きました」

　正直な気持だった。

　気になる相手に亭主がいるといないでは、雲泥《うんでい》の差。衝撃を受けなかったといえば、嘘になる。しかし、食いつめ浪人とは――。

「私のこと、嫌いになりましたか」

　どきりとするようなことを、由紀は口にした。

「いや、何といったらいいのか。ご亭主がいようがいまいが、由紀殿は由紀殿。おいの思いに変りはありません」

　といってから、久成は慌てて口を押えた。これでは由紀に、好きだといっているも同然。久成が慌てるのも無理はなかった。

「おいの思いといっても、それは何といったらいいのか……」

　口のなかで、もごもごと久成がいうと、

「あらっ」

　といって、由紀はぷいとその場を離れていった。まったく女というのはわからないと久成は胸の奥で唸る。

　しかし、よく考えてみると、いちばんわからないのは久成自身の心だ。あの、律義で糞真面目で通っていた男が、人妻に魅了されて足繁く、こんなところまで通っているのだ。しかも、相手は娼婦だった。久成は自分で自分の心がわからない。いくら体の関係はないとはいえ、今までの久成からは考えられない行動だった。

さらにいえば、箍は外れていない。

箍の力を借りずに、久成にしてみたら驚くような行動を取っているのだ。

「おいは、由紀殿に惚《ほ》れたのか、惚れるというのはこういうこつなのか」

口のなかだけで呟いてみるが、実をいえば久成にも妻子がいた。

妻の名前は志有《しう》、子供は亀千代《かめちよ》といったが、一年ほど前に久成はこの嫡男を亡くしていた。悲しみにくれる日がつづいていたが、由紀への思いきった行動は、その裏返しのようなものかもしれなかった。

妻は子供を亡くしてからすぐ、何を思ったのか年老いた久成の母親を一人残して実家に帰って行った。これがわからなかった。だから久成たちは別居中、そういっても過言ではない状態だった。

家と家とがきめた嫁取りだった。そこに愛情が入りこむ隙はなく、すべては家名の存続、それにつきた。淋《さび》しいことだが、それが事実といえた。

こんなことを考えていて、久成も由紀に妻子がいる件を話していないことに気がついて、また慌てる。

「これはいかん、これは卑怯《ひきよう》だ」

掠れた声を出し、早急に話さなければと自分にいい聞かす。そして、それを聞いた由紀がどんな顔をして、どんな態度をとるのか見たくて仕方がない自分に気がつく。

「おいは、堕落しちょる」

こんな言葉を、また胸の奥で呟く。

この妻子の件は数日後に久成から由紀に告げられるが、そのときの由紀の反応は、

「そりゃあ、そうでしょ。その年で武士の家系なら妻子がいて当然。私はずっとそう思っていましたよ」

こんな、あっさりしたもので、顔には笑みさえ浮べていた。

しかし、話が子供の亀千代のことに至ると表情が変った。

「そんなこと……」

一瞬絶句した。

「お悔み申しあげます」

目を伏せて久成に頭を下げた。

全身が沈みこんでいた。

両肩が震えているのがわかった。

ひょっとしたら、泣いているのでは。

そんな思いで由紀の様子を見ていると、下げていた頭が徐々に上がった。見開いた目

が久成を見た。両目はやはり潤んでいた。

「もしかしたら、由紀殿も幼子を……」

久成がそんな言葉を胸の奥でもらしたとき、ふいに由紀が両手をぱんと叩いた。

「よし、飲もう。こんなときは飲むしかない。みんなで飲みまくろう」

男の子のような口調で叫んだ。

由紀は周りを見まわし、

「今夜は私の奢《おご》りだから、みんなも飲んで、どんどん飲んで」

その場にいた数人の客たちに怒鳴るようにいった。

その夜は、訳のわからない酒盛りになった。


屯田兵の宿舎が完成した。

久成の思い描いたものとは違い、これで北海道の厳しい冬が乗りきれるのかというほど粗末なものだったが仕方がなかった。北海道を取りしきるのは久成ではなく、大判官の松本だった。異を唱えて自説を通すことはできなかった。

それはそれとして、久成がいちばん落胆したのは東京からの一通の書簡だった。

『開墾場調査ノ役を免ズ、即刻帰京セヨ』

上からの命令書だった。

誰がどう手をまわしたのかはわからないが、久成の札幌における入植地選定の役を罷《ひ》免《めん》するという書状だった。北海道の地に久成の仕事はなくなった。

松本から書面を見せられた久成の顔は蒼白《そうはく》だった。

両の拳を握りしめた。

体が震えるのを止められなかった。

「そういうこんになったかん、村橋さは近日中に東京へ帰ってくれるだべか。村橋さの後は、ケプロン氏が引き継ぐこんになったゆえにの」

御国訛りそのままに松本はいった。松本の出身は庄内藩である。

後任のケプロンとは黒田自身がアメリカに渡って招聘《しょうへい》してきた、政府お抱えの農業学者で久成とも懇意の間柄だった。

その夜、久成は荒れた。

官舎に閉じこもって一人で酒を飲みつづけた。ひたすら飲んで、座りこんだ畳を両手で何度も叩いた。

やるせなさ――。

それが久成の思いだった。

久成は農業が好きだった。

滋味のある黒い土が好きだった。

北海道の大自然が好きだった。

その北海道を何とかしようとする自分の気持が、ことごとく裏目に出ていた。手の届くところまで行くと、引っくり返された。今までそれが、何度繰り返されたのか。あれも、これも、それも。いいところまでくると横槍《よこやり》が入り、久成の仕事は呆気なく潰された。やるせなさ以外の何物でもなかった。

久成は酒を飲みつづけ、畳を両の手で叩きつづけた。

久成が由紀のいる店を訪れたのは、この夜から三日後。東京に戻る前夜だった。

底冷えのする夜で、札幌の空には雪が舞っていた。

体を縮めて歩く久成の目に、店につづく軒下の闇に男がたたずんでいるのが見えた。由紀の亭主だ。こうして凍える寒さに一人で身を置き、由紀が店を出てくるのをじっと待っているのだ。

久成が男に近づいた。

男と久成の距離が三間に縮まった。

久成は男に軽く頭を下げた。

そのとき、黒い影が動いた。

男が軒下からすっと歩み出て、久成の前に立った。

久成と男が向き合った。

男は久成と同年配ほどに見えた。

「村瀬礼次郎《れいじろう》と申す。失礼ながら、村橋久成殿でござるな」

低い声で男は名乗り、

「聞けば村橋殿は、薩摩の武士とか」

念を押すようにいった。

どうやら久成のことは、由紀から聞いているようだ。軽くうなずく久成の顔を、村瀬礼次郎と名乗った男は睨みつけるように見た。これは憎悪の目だ。会津の目だ。

考えてみれば、あの戊辰の戦いからまだ六年しかたっていない。蹂躙された側の傷はまだ癒えず、憎悪の目を向けてくるのも当然といえた。

「ならば——」

と、礼次郎はいった。

左手がすっと下がって腰の刀で止まった。親指が鍔《つば》にかかった。抜く気だ、この男は。

久成の全身を悪寒が走った。

礼次郎の親指が鯉口を切った。

このとき、久成の胸に、幼いころに三重岳のなかで出逢った西郷吉之助の顔が浮んだ。忘れられない顔だった。

大きな目と鼻と口で、西郷はぱっと笑った。そして、このあと西郷は下人の命を救うために脇差を抜き、自分の腹に突き立てようとした。自分のためには死ねぬが、人のためなら死ねる男。久成はこのとき、そんな人間を目の当たりにした。

久成の全身から力が抜けた。

心が軽くなり自然体になった。

ここで死のうと久成は臍《ほぞ》を固めた。

では誰のためにと考えて、何もしてやれずに死なせてしまった、亀千代の顔が浮んだ。そして、これも、おそらくは亡くなっているであろう、由紀の幼子のため。死なせてしまったこの二人の子供の責をとって死のうと思った。

自然体のまま久成は礼次郎の前に立った。

ゆっくりと目を閉じた。

どれほどの刻がたったのか。

微かな気配を感じた久成が目を開けると、背を向けて去っていく礼次郎の姿が見えた。

久成は大きく息を吸いこんでから『いろは』に向かって歩き出した。

腰高障子を開けると、なかにいる客は人足体の二人だけ。どうやらこの寒さで、客足のほうも途切れたようだ。奥の席に座りこむと、すぐに由紀がやってきた。

「いらっしゃい」

といって久成の前に腰をおろした。

「どうしたんですか、顔色が少し変」

切れ長の目を真直ぐ当ててきた。

「いや何。ちょっと仕事のほうがの、何といったらいいのか」

まさか、ご亭主に斬られかけたともいえず、むにゃむにゃと言葉を濁すと、

「仕事のほう……」

転がすようにいってから、

「本当にそれだけですか」

窺うような目で由紀は見た。

何やら由紀は察しているような――そんな気配さえ感じる目に見えた。

「それだけとは？」

逆に久成が訊くと、

「村橋さんのことを先日、夫にざっと話したら、目の色が少し変ったような気がしましたから。それで」

心配そうな口ぶりでいった。

やはり、そういうことだったのだ。

「いや、仕事のこつだけですけん。他に変ったこつなどいっこうに」

久成はこういって首を振り、仕事がうまくいってないことを、ざっと由紀に話して聞

かせた。さすがに明日帰京する件だけはいえず、口を閉ざしていたが。

話しているうちに不覚にも目頭が熱くなるのを感じた。これはいかんと久成は歯を食いしばった。由紀は人の妻であって、久成の母親ではないのだ。涙を見せるのは筋違いで、してはいけないことだった。

「運が……」

低い声で由紀がいった。

「運が無さすぎますね」

これも低い声だった。

「運ですか――」

考えこむように視線を泳がせてから、久成は言葉を出した。

「確かにおいのこれまでは、運の無さの連続でした。由紀殿のいう通り。おいの今までを振り返ってみると……」

この言葉を断ち切るように、ふいに由紀が口を開いた。

「こんな日本の北の果てで、私のような女と出逢うことになってしまい、本当に村橋さんは……」

独り言のように呟いた。

由紀の言葉に、久成は胸の奥で唸り声をあげた。

由紀の顔をしみじみ見ると、

「お酒と何か肴を持ってきます」

ふっと久成の前を離れて、厨房のほうへ歩いていった。

盆の上に銚子と肴の入った小鉢をのせて戻ってきた由紀は、久成の前にぺたりと座りこんだ。そう、ぺたりとだ。凛としたいつもの由紀はそこにはいなかった。

由紀は銚子を手に取って久成に酒をすすめ、自分もその盃で酒を飲んだ。会話はほとんどなかった。二人は無言で酒を飲み、銚子の数だけが増えていった。

「由紀さん、わしらはここいらで」

人足体の二人だけの客が立ちあがった。

「こうた、寒か夜に悪かったたね。だけんじょが、これに懲りずに、またきてくなんしょね」

由紀の会津訛りを久成は初めて聞いた。

「くるべ、くるべ。由紀さんは、わしらのような、しがない者にとっちゃあ観音様じゃかんね。南無阿弥陀仏《なんまんだぶ》と唱えたくなる人だかんね」

この店に集まってくる男たちにとって、由紀はこうした存在だったのだ。そして、男たちのほとんどは由紀の幸せを願っている。むろん、久成もその一人だ。

それにしても、不思議な女だ。

久成はつくづくそう思う。

男たちを見送るために、由紀が席を立った。

腰高障子が開けられて、風が店のなかに流れこんだ。凍えるような風だった。開けた障子の向こうを窺い見ると、雪が激しくなっているのがわかった。

「風邪《かぜ》なんか、ひくんでねえべよ」

由紀が叫ぶようにいって男たちを送り出し、少ししてから障子は閉められた。

「ここにくる客たちは、みんないい人たちばかりのようですね」

席に戻った由紀に声をかけると、

「気のいい人が多いですね。ほとんどの人が、真黒けになって働く人たちばかりですけどね」

ふわっと笑った。

心なしか、観音様のようにも見えた。

「由紀殿の会津訛りを、今夜初めて聞きもした。あれはあれで、いいもんですね」

何気なくいうと、

「でも、誰が聞いているかわからないから、普段は江戸言葉を口にしないと……」

おかしなことを由紀はいった。

「誰が聞いているかわからないというのは？」

訳がわからず訊いてみると、

「金持ち連中ですよ。そういう人たちは田舎言葉を嫌うからと、ちゃんとした言葉遣いをすれば喜ぶからと」

くぐもった声で答えた。

「なるほど。で、そんなこつを誰にいわれたんですか」

これも気になることだった。

「夫の礼次郎からです。礼次郎殿は江戸詰めが長かったから……ですから、私の江戸言葉は夫の口写しのようなものです」

そういうことだったのだ。となると、あの件も――。

「そうなると、由紀殿の高直《こうじき》な花代もご亭主の差し金ということになりますか」

思っていたことを口にした。

「その通りですが、夫の腹づもりは村橋さんの思惑とは少し違うと思います」

由紀はふっと久成から目をそらし、

「夫は私の体を、できる限り他の男に抱かせたくないのです」

低すぎるほどの声でいった。

「あっ」

と久成は小さな叫び声をあげた。

金のためではなかった。

他の男には抱かせたくはないが、それでも二人は生きていかなければならない。あの礼次郎と名乗った男の考えに考えた揚句が、並の人間には手の出せない、あの金額なのだ。

「ご亭主は、よほど由紀殿のこつを……」

喉につまった声を出すと、

「さあ、どうなんでしょうね」

由紀は薄く笑って、手酌で盃に酒をついで一息で飲みほした。

二人の間の言葉が途切れた。

手酌で酒をつぎ、黙って飲んだ。

「実は由紀殿――」

久成が上ずった声をあげた。

「仕事を免ぜられたおいは、明日東京に帰るこつになりもした」

「えっ……」

盃を口に運ぼうとした由紀の手が止まった。

「今夜は、そのお別れのために参りもした。短い間ではありましたが、由紀殿にはいかい世話になりもした」

久成は深く頭を垂れた。

由紀が真直ぐ久成を見た。

「世話などは何ひとつしていません。他愛もない話を、ぐだぐだと交しているだけで。もっとも、それも私の仕事のうちですから」

にべもない言葉が返ってきた。

「それはまあ、そうではありもすが」

途方に暮れた面持ちで言葉を返すと、

「でも、それが世話だといわれるなら、私のほうはいっこうに構いませんけどね」

手にしていた盃の酒を喉を反らして飲んだ。

白い喉の輪郭があらわになった。

「なら――」

と由紀はいった。

「上に行きましょうか」

呆然《ぼうぜん》とする言葉を口にした。

盆の上に酒の残っている銚子と盃をのせ、先に立って由紀は歩き出した。慌てて後を追う久成が厨房に目をやると、年老いた女はいなくなっていた。

案内されたのは八畳ほどの部屋だった。

なかに入った由紀は盆を脇に置き、行灯《あんどん》に火を入れた。布団が一組敷かれていて、枕は二つあった。隅のほうには箱火鉢が置かれ、おこった炭がまだ残っているらしく、かけられた鉄瓶の口から湯気がわずかに立ちのぼっていた。

由紀は箱火鉢の脇に座り、畳の上に持ってきた盆を置いた。

「村橋さんも、どうぞ」

傍らを目顔で指した。

いわれた通り箱火鉢の片端に座ると、すぐに由紀の手が盃を差し出した。うながされるままに久成は盃を手に取り、由紀の酌を受けて口に運ぶ。

「ここが……」

掠れた声を出して、そっと盃を盆の上に戻す。

「私が体を売る場所です」

由紀は盆の上の盃に手酌で酒をつぎ、一息に飲みほした。盆に返して酒をつぎ、久成をうながす。それが何度かつづき、銚子のなかの酒がなくなった。

ぽつりと由紀が呟いた。

「今夜、私の夫に斬られそうになったんじゃないですか」

驚くような言葉を口から出した。

「どうして、それを」

叫ぶようにいった。

「村橋さんを斬ってほしいと、礼次郎殿に頼んだのは私です」

抑揚のない声で由紀はいった。

周囲がしんと静まり返った。

「どうして――」

喉に引っかかった声が出た。

「村橋さんが私を、いやらしい目で見てくれなかったから」

耳を疑うような言葉を由紀は口にした。

「そんなこつは」

狼狽の声をあげる久成に、

「嘘ですよ、そんなこと」

由紀は、あっさりと首を振った。

「本当は、村橋さんが薩摩の侍だったから、それで……」

ぽつりぽつりと由紀は話し出した。

若松《わかまつ》城が落城する数日前のことだという。

町のなかにまで薩長軍は攻め入り、城下は連日連夜、敵味方入り乱れての乱戦状態になっていた。

家屋には火が放たれて至るところから炎があがり、城下は焦土と化した。そのなかで殺し合いは繰り広げられ、百姓町人、女子供たちは猛火と煙のなかを逃げまどった。

由紀も例外ではなかった。

夫の礼次郎は軍場《いくさば》に出ていておらず、由紀は五歳になる一人娘の妙《たえ》の手を引っぱって町のなかを右往左往していた。そのとき、運悪く一人の敵方の武士と遭遇した。男は血刀を提げていた。

血走った目が由紀を見た。

刀を振りかざして男は、由紀たちに突進してきた。

「母様――」

妙が由紀にしがみつくのと、男が妙の背中に向かって大上段から刀を振りおろすのは同時だった。

妙の口から悲鳴があがった。小さな肩口が、ざっくりと斬り裂かれて夥《おびただ》しい血が飛びちった。

そのとき数名の会津の兵が由紀たちを見つけ、走りよってきた。妙を斬った男は慌ててその場から走り去った。妙は会津兵たちによって医師の許に運びこまれたが、手の施しようがなかった。

斬り口は、左肩から背骨にまで達していた。

相手の刀は妙を斬り裂くと同時に、由紀の胸元にまでおよんでいたが、幸い命だけはとりとめた。

「だから私は……」

乾いた声を由紀は出した。

「あの子の命に代る、誰かの命がほしかった。誰かの命が。でも礼次郎殿は、村橋さんを斬らなかった」

由紀は、すとんと両肩を落した。

「おそらく礼次郎殿は村橋さんを見て、妙の命の代りにはなれない人だと思ったんでしょうね」

由紀はそういって銚子を取りあげたが、むろん中身は空である。ふわりと由紀は立ちあがり、階下へおりていった。戻ったときには両手に銚子を提げていた。

「どうぞ、飲んでくなんしょ」

銚子を手に久成をうながした。

おずおずと差し出す盃に酒がつがれた。

飲んだ盃を盆に戻すと、今度はそれに酒をついで由紀が飲みほした。

二人は無言で酒を飲みつづけた。

無言の酒盛りは、銚子の酒がなくなるまでつづいた。

「村橋さん……」

最後の酒を飲みほしてから、由紀が声をあげた。

「私を抱いてみやすか」

ふわっと笑みを浮べた。

息をのむほど美しかった。

「おいは妙殿を断った、薩摩の者。とてものこつに、そんな大それたまねは」

慌てて首を振った。何度も振った。

「そうですか、残念でやすね」

笑みを浮べたまま由紀はいい、

「売りもの、買いもの、見るだけは只の女……」

歌うようにいってから、ふっと立ちあがって数歩後ろに退《さ》がった。袂《たもと》を両の指でつまみ、奴凧《やっこだこ》のようにぴんと張った。

「見るだけは只の女、しっかと、その目の奥に焼きつけてやっておくんなしょ」

口上のようにいってから、由紀はするすると帯をとき始めた。

この女はいったい何を……久成の胸が早鐘を打つように鳴り出した。部屋のなかには、しゅっしゅっという、帯をとく音だけが鳴り響いている。

やがて由紀は長襦袢《ながじゅばん》一枚の姿で、久成の前に立った。

「北海道へは、またくるんですか」

よく通る声で由紀がいった。

「くるつもりです。おいは、北海道が大好きですけん」

久成の上ずった声が終ると同時に、長襦袢が由紀の体からふわりと落ちた。

一糸まとわぬ由紀が、そこにはいた。

久成は喉をごくりと鳴らした。

薄灯りのなかに立つ由紀の裸身は、人間らしからぬ美しさを放っていた。

やや小ぶりの乳房は、すべすべと照り輝いて艶めいていたし、くびれた腰はしなやかで形よく締まっていた。

深い影をつくる臍《へそ》のくぼみは、いかにも柔らかそうで、なだらかなその下にはひっそりと息づく、淡い茂みがあった。

綺麗だった。

久成は息をするのも忘れたように、由紀の裸身を見つめた。身動《みじろ》ぎもせずに見つづけた。知らず知らずのうちに、両の拳を固く握りこんでいた。

そのとき、由紀の体がほんの少し揺れた。

行灯の位置から微妙にずれ、体をおおう影の形が変った。

妙なものが見えた。

右の乳房の上だ。引きつれた傷のように見えた。あのときの刀傷だ。幼子と一緒に薩長方の男の刃を受けたときの……久成は食い入るように、その傷痕を見た。

由紀がゆっくりと、その傷の上に左手を当てた。両膝を曲げて右手を伸ばし、長襦袢を指でつまんだ。両手でふわりとはおった。

白い裸身は久成の目の前から消えた。

「もう帰りなさい、村橋さん」

前を合せた由紀が突然、凛とした声をあげた。

由紀の声に久成は、ぴんと背筋を伸ばした。

「娘さんのこつは、すまんこつをしました。何といってお詫《わ》び申したらいいのか。おいはもう……」

ゆっくりと立ちあがって、額が膝につくほど頭を下げた。

久成は頭を下げたまま、部屋を出た。

八カ月ほど前のことだった。

六　ビール造りの始まり

黒田からの言葉は堀田がすぐに開拓使中にふれて回ったようで、次の日から久成を見る職員の目が変った。

一言でいえば腫れ物に触るような――。

黒田の力は絶大だった。

しかし、そんなことは久成にとってどうでもいいことで、要は自分の思い通りにビール造りに専念できればよかった。

まずは中川清兵衛に会うことだった。

中川清兵衛は久成たちが薩英留学生としてイギリスに渡った同じ年、大胆にも密入国を決行してイギリスに渡っていた。このとき清兵衛は十七歳。それまでは横浜の外国商館に勤めていた。

その三年後。

清兵衛はイギリスからドイツに移るが、学問も技術も何も持たない清兵衛に、これといった職はなかった。ドイツ人の下働きのようなことで食いつないではいたものの、悶々《もんもん》と過ごしていたその清兵衛を見出《みいだ》したのは、元長州藩士の青木周蔵《あおきしゅうぞう》だった。

「その年で死を怖れぬ密入国とは、なかなかに骨のある若者じゃ」

これが、そのときの青木のいい分だった。

この男、家は元々町医者で、長じて長州藩の蘭学医《らんがくい》、青木周弼《しゅうすけ》の家に婿養子となって入り、頭角を現すことになる。青木周弼は日本で初めて種痘《しゅとう》を行ったことでも知られる蘭学医で、師はシーボルトである。

その青木周蔵が木戸孝允の後押しでドイツに旅立ったのが明治元年。そして、西欧列国を見聞きしているうちに、青木の心はいつしか医学よりも外交官を志すことになり、その道を着々と進むことになる。

明治五年、青木は日本人留学生総代に任命される。つまり、外交官への大躍進である。青木を任命したのは久成と一緒に薩英留学生として海を渡った鮫島尚信《さめしまなおのぶ》だった。また、青木は黒田清隆とも懇意にしていて、互いに手紙のやりとりをする間柄だった。

清兵衛はその青木に見出され、日本人として貴重な西洋の技術を身につけるために、当時のドイツでは最大手といわれるベルリンビール醸造会社に入ることになる。ここで、ビール造りを二年ほど学んだ清兵衛は、その結果、みごとにその技術を習得して、醸造修了証書を手に十年ぶりに日本に帰国した。今年のことである。

このときすでに清兵衛は、青木周蔵の紹介で「開拓使麦酒《ビール》醸造所」の技士になることが決定していた。

久成は、その中川清兵衛とまず会うことにした。

「癖のある男ですから、その点に留意して会ってくださいよ」

といったのは堀田である。

「癖があるとは、いったいどんな珍しか癖たいね」

笑いながら訊く久成に、

「頑固一徹――そのくせ、野心のほうもいっぱいという人物のようで」

堀田は牛肉を頬張りながらいう。

いつもの牛鍋屋『志茂田』である。

黒田清隆の子分と公然と口にする堀田だったが、久成はこの男が嫌いではない。いや、むしろ好きだった。飄々《ひょうひょう》として捕《とら》え処《どころ》のない一面もあったが、それがまた久成にはひとつの魅力として映っていた。

友――これが堀田に対する久成の正直な気持だった。久成はいつも独りだった。腹を割って話せる人間は一人もいなかったが、堀田にだけは自分の内面を見せることができた。久成が笑顔を見せられるのも軽口を叩けるのも、堀田だけだった。

「頑固一徹――けっこうじゃなかとですか。何といっても、日本で初めてのビール醸造。

そのぐらいの気概がなければ、務まらんような気がします」

久成も牛肉を箸でつまみ、熱さ対策の生卵のなかをくぐらせて口に放りこむ。

「やっぱりうまいな、こいは。いや、いい店を教えてくれもした」

久成は口を尖《とが》らせて、ふうふういっている堀田に笑いかける。

堀田は生卵に牛肉をくぐらせず、そのまま口に運んでいた。熱いはずだが、それが堀田の好みらしい。

「堀田さん、なんであんた、そんな食いかたをするとですか。卵にくぐらせれば熱くなくなり、楽に食べられるものを」

首を傾げて訊いてみると、

「卵をつけると、せっかくの肉の味が薄まってしまいます。私は熱さなどよりも、ちゃんとした味の肉を食べたいので、仕方なくこんな仕儀に」

顔をしかめながらいった。

「それはそれで、一理はありますが、卵にくぐらせても肉の味は充分に感じられるように、おいは思いますけんどが」

首を左右に振る久成に、

「ないです」

ぴしゃりと堀田はいった。

いつも感情を表に出さない堀田には珍しい反応だった。一瞬、呆気にとられた表情を久成は顔に浮べた。

「あっ、申しわけありません。少し言葉が強すぎました。けんど、いくら相手が村橋さんといえども、その点だけは譲れませんので。それでつい」

頭を掻きながら堀田はいう。

「いえ、堀田さんの意外な一面を見て、何かこう新鮮な驚きというか、そんなものを感じて頼もしく思いました」

「頼もしくですか、この私が」

堀田は困ったような顔をして、

「それはそれとして、中川清兵衛のことなんですが」

話題を変えるように口にした。

「それそれ、中川に臍を曲げられでもしたら、ビール造りは頓挫することになってしまいもす。そんなこつにはならないとは思いますが、用心にこしたこつは」

という久成の言葉にかぶせるように、

「その頓挫ですが。あの男、それぐらいはやりかねない臍曲がりだという噂を、私は小耳に挟んでおりますが」

吐息をつくように堀田はいった。

こんなことを耳にしたという。

清兵衛が同僚と二人で、神田の蕎麦屋《そばや》に行ったときのことだ。

しばらくして、清兵衛と同僚の前に、天麩羅《てんぷら》蕎麦が二つ置かれた。

「私は、こんなものを頼んではおらん。私が頼んだのは、かけ蕎麦じゃ」

ちょうど虫の居所でも悪かったのか、天麩羅蕎麦を運んできた小女を清兵衛は怒鳴りつけた。清兵衛はかけ蕎麦、同僚は天麩羅蕎麦と二人は別々のものを頼んでいた。

「えっ、私はお二人とも天麩羅蕎麦と確かに聞いた覚えが……」

首をひねりながらいう小女に、

「お前は自分の落度を、私になすりつける気か」

激怒する清兵衛に、慌てて同僚の男が口を開いた。

「まあまあ、中川さん。かけも、天麩羅も同じ蕎麦。ここは同じ蕎麦のよしみということで、これをいただきましょうよ」

「そういうわけにはいかん。意に反するものを口にすることは、私の流儀にそむくことになる」

間に入った同僚の言葉を清兵衛は一蹴した。

「しかし、こちらの娘さんも、こうして困っていることですし」

困り果てた顔の小女を目顔で指し、さらに言葉をつづける同僚に、

「そもそも、かけ蕎麦と天麩羅蕎麦は、まったく違う食い物じゃ。かけ蕎麦は純粋に蕎麦の風味を楽しむもので、天麩羅蕎麦は、つゆ味のしみこんだ天麩羅を楽しむもの。心の置き所がまったく違う食い物じゃと、私は思っておる」

と中川は蕎麦のあれこれを語り出した。

「相すみやせん、お客さん」

見るに見かねて、店の主人が調理場から飛び出してきた。

「ここはどうでしょう。黙って天麩羅蕎麦を食べて帰ってもらうということでは――むろん、お代はいりやせん。うちの店の詫び代ということで」

頭を下げながらいった。

「無礼にも、ほどがあろう」

押し殺した声を清兵衛が出した。

「そっちこそ、素直につくり直してくれれば、事は丸く収まるものを。いうに事欠いて、金はいらぬから黙って食えとは――今もいったように、かけ蕎麦と天麩羅蕎麦は、まったく別の食い物。つまり、私の頭のなかはこの店の暖簾をくぐるまで、純粋な蕎麦の味を楽しみたいという思い一色に染まっていたということがわからんのか。まったく呆れはてた、蕎麦屋じゃ」

いうなり清兵衛は立ちあがっていた。

「私は帰る。ここは、ちゃんとした蕎麦を食わせる店ではない」

さっさと背中を向けたとたん、主人の顔色が変った。

「べらぼうめ。江戸っ子は、つゆのなかで蕎麦さえ気持よく泳いでいりゃあ、それで大満足なんでい。ぐだぐだ、ごたくを並べるのは野暮ってえもんだ、この田舎《いなか》もんが」

店の主人の罵声は往来にまで、響きわたったという。

「そんなこつが、ありもしたか」

話を聞き終えた久成が、溜息まじりの声をあげた。

「あくまでも噂なんですが、火のないところに煙は立たぬといいますからね。ですから村橋さんも、よほど腹を括ってかからないと、大変な結果に」

「そうですな。中川清兵衛という男、かなり臍の曲がった性格のようですが、いっているこつに一理はあるようにも思えますすな」

久成は酒をごくりと飲む。

「確かに一理はあります。盗人にも三分の理があるように」

堀田はにやっと笑って、熱々の牛肉を口にいれる。すぐに顔を天井に向けて、はふはふと息を吐き出す。やがてごくりと肉をのみこんで、満足げな顔を久成に向けた。

「ところで村橋さん。もし村橋さんが、さっきの清兵衛の立場だったとしたら、どんな態度をとると思いますか」

やけに真面目な顔で訊いてきた。

「おいが、その立場だったらですか」

久成は低く唸ってから、

「おいがもし清兵衛だったら、文句も何もいわずに、黙ってその天麩羅蕎麦を食べて、黙って代金を払って帰るでしょうな」

正直に答えた。

「そうでしょうね。いや、そうに違いないでしょうね」

久成の何気ない言葉に堀田は妙に感動した様子で何度もうなずいた。

「妙な人ですねえ、堀田さんも」

その様子に久成は軽く頭を振り、

「逆に訊きますが、堀田さんがもし、その立場だったらどうしますか。そのあたりを教えてほしいですね」

興味津々の表情でいった。

「私がその立場だったらですか、さて……」

堀田は腕をくんで天井を見上げた。

「さて――」

同じ言葉をまた出してから、

「私なら、店の主人の言葉に従って、おとなしく只で蕎麦を食べるでしょうね」

簡単明瞭にいった。

「只食いですか……いや、意外な答えでした。堀田さんなら一言ぐらいは、文句をいうんじゃないかと。顔は笑いながら、注文の品とは違うから、かけ蕎麦に換えてくれと」

「私はそんなに、偏屈じゃありませんよ。もっとも、只食いをしたあとのつづきはありますがね」

妙なことをいった。

「蕎麦だけは食いますが、天麩羅のほうは食わずに残して帰ります。そういうことになるでしょうね」

「なるほど。それなら何となく納得ができるような」

と久成は声をあげるが、この堀田という男も、なかなか癖のある人間だと胸の奥で一人呟く。

久成が話題の主の中川清兵衛に会ったのは、それから三日後の午前だった。場所は開拓使東京出張所の接見室。清兵衛はこのとき、久成より五つ下の二十七歳だった。

「このたび、青木周蔵様の推薦で、ここにお世話になることになりました、中川清兵衛と申します。どうかよしなに、よろしくお願いを申しあげます」

清兵衛は丁寧にいって、久成に頭を下げた。

噂とはかなり違うようなと思いつつ、久成は清兵衛のこれまでを型通り聞いてから、そろそろと本題に入る。

久成が清兵衛に要求したいことは、ただ一点のみ。これは危惧ともいえるもので、何か問題がおきたとき、臍を曲げた清兵衛が仕事を放り投げて醸造所を去ってしまうのではないか——これを回避することだった。

久成はビール造りの責任者で、清兵衛はビール造りの技師である。技師がいなくなれば、いくら責任者の久成が頑張ってみてもビール造りは不可能になる。つまりは頓挫である。これだけは絶対に避けなければならなかった。

「まず、清兵衛どんにお訊きしたい」

久成は清兵衛どんと呼んだ。

「ビール造りにおいて、いちばん大切なものは何であろうな」

清兵衛はちょっと考えこんでから、

「水と気候で、ございますか」

はっきりした口調でいった。

「水はわかるが、気候というのはどういうことだろうか」

奇異な思いで久成が訊くと、

「私がビール造りを学んだのは、村橋様が留学したエゲレスではなく、ドイツの工場でございますから」

当然という清兵衛の言葉に、なるほどと久成は小さくうなずく。

「氷か――」

短く言葉を出すと、一瞬清兵衛の顔に驚きの表情が浮んですぐに消えた。

「冬になったら開拓使本庁に連絡して、来年入り用の分は確保させるけんにの」

安心させるように、すかさず久成はいった。

「よく、ご存知のようで――村橋様もお気づきのように、エゲレスとドイツではビール造りの方法が少し違います。氷はドイツのビール造りには欠かせないものといえ、その意味では北海道醸造所というのは、最良の地だと私は思っています」

久成のいたイギリスでは麦汁《ばくじゅう》を常温で発酵させる高温方式だったが、ドイツではこれを摂氏十度以下に冷やして発酵させる低温方式がとられていた。

冬場ならいいが、ビール造りは夏場にもおこなわれる。このため、麦汁を冷やす大量の氷が必要だった。冬の間に大量の天然氷を切り出し、これを貯蔵しておかなければビール造りは不可能といえた。

その点、北海道なら申し分なかった。

久成は胸の奥で、ほっと胸をなでおろす。

「おいはビールは大好きだが、ビール造りについては大雑把なこつしか知らん。そこで、ビール造りの技師としての清兵衛どんに、これからはいろいろ教えてもらいたいと思うちょる。むろん、醸造所を造るに当たっての施設や機械についてもの。いや、これからではのうて、今すぐからの」

久成は、自分の思いを素直に清兵衛にぶつけた。

「今からでございますか！」

驚いた口調で清兵衛はいった。

「そうだの、今すぐからだの」

久成はこういって、ビール造りのあれこれから、醸造所建設の詳細まで、熱心に清兵衛に訊《たず》ね出した。そしてそれを、丁寧に紙に書きとめ始めた。

久成の質問は、二刻以上にもおよんだ。

その間、接見室にはお茶が何度も運ばれ、昼時には食事が運ばれた。献立は久成の指示で、ざる蕎麦だった。

さすがに清兵衛の顔には疲れが滲《にじ》んだ。

「今日は、これぐらいにしておこうかの、清兵衛どん」

久成はこういって、握っていた筆を手から離した。

「村橋様は、いつもそれほどに仕事熱心なのでございますか」

訝《いぶか》しげな顔で清兵衛が訊いた。

「そうだの、熱心といえばそうだが、ビール造りにおいては特にの」

顔を綻ばせて清兵衛を見た。

「おいは農業が好きでの。農業を発展させて、この日本国を豊かにしたいという夢を、持っておってな」

「武家の出身の村橋様が、農業好きなのでございますか」

驚いた表情を見せる清兵衛に、

「百姓に生まれたほうが、おいには似合っとったかもしれんと思うちょるぐらいでな――だから北海道なんじゃよ。あの広大な土地と豊かな大自然、北海道には無限の可能性があるけんにの。この国を豊かにするには、まずあそこから。北海道には、おいの夢がぎっしりとつまっちょる。そういっても過言ではない場所でな」

久成は熱っぽく語った。

久成の本音でもあった。

「清兵衛どんも同じであろうが」

機嫌よく久成はいってから、

「せっかくドイツにまで行って、ビール醸造という稀有《けう》な技術を我が物にしてきた身。それなら、その技術を用いて自分の持っている夢を叶えたいという、そんな気持があるんじゃなかとかね」

清兵衛の顔を真直ぐ見た。

「特に夢などは、私にはありませんが」

意外な言葉が返ってきた。

「それだけの技術を持ちながら、夢がないというのか……」

声が掠《かす》れた。

「ビール造りが好きで、ドイツのベルリンビール醸造会社に入ったわけではありません。たまたま青木周蔵先生に見出され、日本にはない技術を習得するのがいちばんということで送りこまれた身でございます」

淡々と清兵衛は語った。

「それは……」

と絶句する久成に、

「もともと私が密出国したのは、外国とはどういうところなのかという単なる好奇心。村橋様たちのような、高邁《こうまい》な志があったわけではございません。村橋様のように身分の高いお殿様の出でもなく、私はそこいらの貧しい百姓の出でございます。その貧しかった百姓の小倅《こせがれ》が夢を抱くとしたら、下世話ないい方かもしれませんが、金銭――自分の技術をなるべく高く世間に売りつけて、富を得たい。これが今の私の正直な思いでございます」

何とも妙な展開になった。

久成としては同じ外国にいった者同士、相通ずるところを分かち合い、この国の将来に夢を託して対《つい》の車輪となり、共に突き進んでいきたいと思っていたのだが……。

「いや、なまじ綺麗事をいわれるより、いっそ清々するというか、気持がいいというか、正直というか」

やっとこれだけいえた。

「そういっていただければ、ほっとする思いでございます」

頭を下げる清兵衛に、

「しかし、清兵衛どんにもビール造りの技術者としての、大きな誇りともいうべきものはあるのではないかの」

気を取り直して戦法を変えてみた。

「それはございます。皆様に喜んでいただける、どこにも負けることのない、いいビールをつくりあげる。それが私の仕事でありますから」

きっぱりといい切った。

「ならば、それが清兵衛どんの夢。金銭的なものは、その夢に乗って、後から自然についてくるもの。そう考えても、決しておかしくはないのではないだろうか」

身を乗り出して久成はいった。

「そういわれれば、そうとも考えられないことはありません」

素直に清兵衛はこれを認めた。

「それなら、同じ夢に向かってひた走る者同士として、おいにひとつだけ約束してくれんかの」

強い言葉でいい放った。

「村橋様と約束ですか?」

清兵衛の表情が険しくなった。

「何がおころうが、決してこのビール造りを放棄せず期日までに成しとげる——たったこれだけのこつなんだがの」

久成は何が何でも、この言質《げんち》を清兵衛から取りたかったのだ。

先日の堀田から耳にした清兵衛の噂のこともあったし、現実に今、清兵衛と会って言葉をかわした結果、如実に伝わってくる怖れのようなものもあった。

清兵衛の目が真直ぐ久成を見ていた。

「それはできません」

はっきりした口調でいった。

「さっきも申しましたように、私は一介の技術者であり職人でございます。しかもこれから私がなすことを一言でいえば、確かな見通しの立たない作業。いつどこで、何がおこるか、しれたものではございません。そんなお約束は無理でございます」

　みごとに、期待を裏切る言葉が返ってきた。

「責任者である村橋様には、この事業を成しとげる責がありますが、一介の職人である私にはその責はありません。まして村橋様はご立派な武家の出で、責任者たるものの腹の括りはできておりましょう。しかし、貧しい百姓の出である私にはそういった腹の括りは無縁のもので、考えたこともございません」

　清兵衛は一気にいってのけてから、

「さらに私は世にいう、ひねくれ者でございます。自分の性格は自分でいちばんよく知っております。いつ卓袱台《ちゃぶだい》返しをやるかわからない自分が、そんな大それた約束事など、到底できる相談ではございません」

　噂通りの性格を清兵衛は現した。

「それでは困るのだ」

　低い声を出した。

「お主が仕事を放棄して逃げ出せば、おいは腹を切らねばならないこつになる。そこのところをよく考えてだな」

　呼名が清兵衛どんから、お主に変った。

「腹を切るのですか、村橋様が——いくら何でも明治の世になって、そんな理不尽なことがおきるなどとは」

淡々としていた清兵衛の口調に感情的なものが混じってきた。

「それはお主が百姓の出だからだ。おいたち侍の間では、まだまだそういう血腥《ちなまぐさ》いこつが普通にまかり通っている」

睨みつけるような目を久成は向けた。

清兵衛はそれを、しっかりと受け止めた。根性だけはあるようだ、この男。

「清兵衛っ——」

久成が大声をあげた。呼びすてだ。

「今、ここで即答せよとはいわぬ。数日の猶予を与えるゆえに、後日きちんと返答するがよかろう」

久成の口調から柔らかなものが消えた。

「しかと、申しつけたぞ」

怒鳴るようにいって立ちあがった。

その後、久成は多忙な日々を送った。

責任者の地位にある東京官園の作物の育ち具合や、その分析。出来具合によっては、北海道に植えつけることを断念しなければならないものもある。

飼育している外国種の家畜にしても、その飼料として何を与えるのがいちばん効率的で生育に適しているのか……そんなことまで一手に引き受けて考えなければならない。

それに予算のことがある。何をどう、どこに配分していったらいいのか、少ない予算のなかで何とか事業を回していく算段をするのも、久成の役目だった。

そんな状況のなか、清兵衛を役所に呼びつけたのは、初めて会ったときから十日ほどが過ぎたときだった。

久成は勧業課の自分の机の前に座って清兵衛の到着を待ちながら、昨夜の堀田とのやりとりを頭に浮べる。

いつもの牛鍋屋、『志茂田』の小あがりである。

「そうですか。中川清兵衛はやはり、噂通りの人間でしたか。と、なると」

口をふうふうさせて、牛肉をのみこんでから重い声でいい、

「こちらの要求を、はねつける公算は大」

呟くように口にした。

「語学力があり、諸外国の内情にも精通していて、日本国では稀有ともいうべき、ビール造りの技術も完全に習得しているという正に弱点の見当たらぬ男……清兵衛の大口や尊大な振舞いにも、ある程度は目をつぶらなければならないことは重々わかってはいる

けんが、しかし」

と久成がいったところで、あとを堀田が引き継いだ。

「この度のビール造りにおいて、失敗は断じて許されぬこと。ゆえに、清兵衛の自由気《き》儘《まま》を許すわけにはいかぬ。ならば、どうしたらいいか。そういうことですね」

堀田の言葉に久成は大きくうなずき、手にした盃の酒を一気に飲んだ。

「この弱点のない自信家を、堀田さんならどう攻め落しますか」

よく光る大きな目で堀田を見た。

「そうですね」

と堀田は腕をくんで天井を見上げた。

鍋のなかで牛肉がいい音を立てていた。

久成はその音を聞きながら返事を待った。

「百姓の出……」

ぽつりと堀田はいい、

「密出国をするぐらいですから、気骨はあるとは思いますが、我ら侍と違って軍場《いくさば》での命のやりとりの経験はないはず。となれば、唯一の弱点はそのあたりでは」

天井を見上げたまま答えた。

「おうっ」

　久成が叫び声をあげた。

「堀田さんもそう思いますか。実はおいの出した結論もそこですたい。あの男の、わずかな弱点はそこしかない。百姓の出……つまりは胆力不足。そこを攻めるしか術《すべ》はないという結論に至りもした」

　満面を笑みにして久成はいった。

「脅しますか、清兵衛を」

　これも笑いながらいう堀田に、久成は大きくうなずき返す。

「律義で糞真面目な村橋さんに、そんなことができますか」

「事は、ビール誕生の成否。綺麗事だけではすみもはん」

　強い口調でいってから、

「これも、兵法ですたい」

　自分に言い聞かすように口にした。

「これはまた、頼もしいことを。村橋さんも、やるべきときにはやる男なんですね。いや、感服しました」

　堀田は嬉しそうにいい、

「して、その方法とは」

　湯気をあげる鉄鍋の上に、身を乗り出してきた……。

そんなことを思い出しているところへ清兵衛がきたと知らされた。

久成はゆっくりと立ちあがり、接見室に向かって歩く。扉を開けると、神妙な顔をした清兵衛が立ったまま待っていた。

「これは待たせてしまいもした。まずは座って、さあ、清兵衛どん」

機嫌よく清兵衛を椅子に座らせ、自分もその前の椅子に腰をおろして腕をくむ。

「そいで――」

短く言葉を発して清兵衛を見た。

「はい、その……」

いいづらそうに清兵衛は体を小さく揺らしてから、

「やはり私は、私流のやり方でビール造りをするしかないと……私のこの、ひねくれた性格を今さら直せといわれましても、それは無理でございます。雀百《すずめ》までの喩《たと》え通り、私は今のままの私で、やっていくより術はございません」

卓子に額がつくほど頭を下げた。

「そうか、それもよかろう」

ぼそりと久成は呟き、洋服の内側から何やら書状のようなものを取り出した。

『斬奸状《ざんかんじょう》』――。

それには達筆で、こう書かれてあった。

「これは？」

　頭を上げた清兵衛が、窺うように久成の顔を見た。

「見ての通りの斬奸状だ。ここには、お主の傲慢さと身勝手さが、余すこつなく書きしるしてある。そして、お主とおいはここで死に、この斬奸状だけが、あとに残るという仕儀になる」

　いい終えた久成は再び内懐に手を入れ、何かをつかみ出した。黒塗りで頑丈な拵《こしら》え。短刀だ。ぐいと引き抜いた。

　刀身は一尺ほど、ぎらりと光を放った。

　声にならない悲鳴が、清兵衛の口からあがった。

「当家に伝わる、戦場刀の鎧《よろいどお》通し。銘は同田貫正国、よう斬れる刀ぞ。おいは、いざというときの自決用として、この短刀だけは肌身離さず持っておる」

　久成の言葉は真実だった。

　故里《ふるさと》鹿児島を単身出発した際、いざというときの自決用として、先祖伝来のこの短刀だけを懐にして出てきた。使うときがないことを祈りながら。

　清兵衛の顔は真青だ。

「村橋様、冗談はそれぐらいで」

　椅子から清兵衛はころげ落ちた。

「冗談だと思うか。ならば、武士の意地というのをお主に見せてやろう」

久成は短刀を持ったまま立ちあがり、

「こいでお主の喉を突き、おいも自分の喉を掻き切る。あとに残るのは、さっきの斬奸状のみたい。国を侮り、畏れ多くも陛下をも侮る、お主の悪行だけが世に広がる」

凛とした声でいい放った。

「そんな、陛下様を侮るなどと、そんな大それたことなど、私は微塵《みじん》も」

床に額をこすりつけて平伏する清兵衛の脇に、久成は膝をつく。が、清兵衛の口から約束を守るという言葉は、まだ出てこない。

久成は少し焦った。

この状況で清兵衛を刺し殺すなど、久成には到底できることではない。それに、そんなことをすれば、それこそ元も子もなくなる。だが、あれがくれば……。

ここでもし、箍《たが》が外れることになれば、おそらく自分は清兵衛の喉を刺し貫くことになるはずだ。躊躇《ちゅうちょ》なく正国を、清兵衛の喉にぶちこむに違いない。そうなったら止められないことは、自分がいちばんよく知っている。それなら……それに任せよう。箍が外れるときは心が揺れているとき、そしてそれは、正しい選択につながるはずだ。天の采配だ。

久成は腹を括った。

箍が外れれば、この男を殺す。

「清兵衛――」

低い声で呼んだ。

清兵衛が顔をあげた。

久成の顔を見た。

ひいっ、と細い声をあげた。

久成の本気度を感じとったようだ。

しかし、箍はまだ外れない。

どうしたらいいのだと思いつつ、久成は清兵衛の胸倉を左手でつかんで引きおこし、首根をあらわにさせた。

「地獄で逢おうぞ」

低く呟いたとき、清兵衛が声をあげた。

「助けてください、村橋様――」

喉をぜいぜい鳴らした。

「何でも村橋様のいう通り、お約束いたします。ですから、ですから……」

体から緊張感がすうっと抜けるのがわかったが、清兵衛には覚《さと》らせない。

「なら、こっちに参って座れ」

卓子の前にうながした。

正国を鞘《さや》に納めて懐にしまいこみ、今度は卓子の引出しから一通の書類を取り出して清兵衛の前に置いた。

「お主の採用契約書だ。これに目を通して署名捺印《なついん》をしろ。お主とおいの間には信頼関係が、まだ成り立っていない。口約束では心許《こころもと》ないゆえ、仕方がない」

書面には就業期間やら心構えやら、細々としたことが書かれていたが、いちばんの目玉は次の一文だった。

『就業期間中ノ休業、モシクハ勝手ナ退職ハ是《こ》レヲ許サズ』

清兵衛が勝手にビール造りを放棄すれば、懲罰にかけるというものだった。清兵衛に対して、久成がいちばん危惧していたことが、この一文で避けられるはずだった。

清兵衛は採用契約書に目を通し、あっさりと署名捺印をした。

捺印が終ると同時に、久成と清兵衛は深い溜息をもらした。

「命びろいをした。改めて礼をいうぞ、清兵衛どん」

ほっとした表情で久成がいうと、

「ということは、あれはやっぱり本気だったんでございますね。尋常ならざるお顔をされていましたので察しはつきましたが、それにしても肝が冷えました」

清兵衛も同じような顔で答えた。

「むろん、本気だった。あと少し、お主の言葉が遅ければ、少なくともその首は血に染まっていたはずじゃけん」

ただし、箍が外れていればという言葉だけは喉の奥にのみこむ。

「ところで村橋様。契約は決まりましたものの、私の給金の額がまだ決まっておりません。そこのところは——」

修羅場が終って、まだ、ほんのわずかしかたっていないというのに、この男、なかなか逞《たくま》しい一面を持っている。同時に先日の夜、帰りがけにいった、堀田の言葉を久成は思い出していた。

「もし、村橋さんの要求が通ったとしたら、その清兵衛という男、かなりの額の金を要求してくるでしょうね。あれこれの帳尻を、きっちり合せるために」

こういって堀田は去っていったのだが、はたして——。

「単刀直入に訊こうたい。清兵衛どんは、どれほどの額を望んでいるのであろうか。はっきり口に出して教えてくれんかの」

清兵衛は両目を閉じて、何やら考えているような様子を見せてから、おもむろに口を開いた。

「月、五十円はいただきたいと」

法外な額だった。

官員の給金は太政官《だじょうかん》布告により、きちっと等級によって決められていた。最高額である長官の六百五十円は破格として、いちばん下の十五等出仕は十二円だった。

それに較べると清兵衛の五十円というのはいかにも高かった。しかも清兵衛は契約採用で、月給は二十五円から三十円までと定められていた。

このとき、久成の脳裏に由紀の白い顔が浮んだ。

清兵衛も高いが、由紀も高かった。ひねくれ者は、みんな高いと頭を振ったとたん、笑みがもれた。

久成はすぐに口を開いた。

「いいでしょう。特別採用ということで、上と話をつけますけん」

とにかくこれで、中川清兵衛の件は、すべて片がついたといっていい。札幌でのビール造りは確実に一歩前進したのだ。


この日から久成と清兵衛の二人三脚が始まった。

まずは醸造に欠かせない機械の種類と選別、大きなものから小さなものまで細かく清兵衛に列挙させ、ひとつひとつを詳細に吟味して機種を決めた。

日本で調達できないものは、アメリカやヨーロッパに発注しなければならない。これは大麦や酵母、それにホップも同様だった。二年後には北海道産のものが使用できるとしても、来年仕込む分は、どう考えても無理だった。これも海外のものに頼らざるをえなかった。

あとは醸造所の図面と、その建設場所の選定だったが、場所については久成に心当たりがあった。

札幌南部に広がる、豊平川《とよひらがわ》扇状地。

すぐ脇を伏籠川《ふしこがわ》という清流が流れ、おまけにこの川は無数の湧水から成り立っていて、綺麗な上に冬でも凍ることはなかった。ビールの原料水としては最適といえた。

氷は近くの豊平川から無尽蔵に切り出すことができ、低温法を用いるドイツ式のビール醸造でも安心して稼働することができた。

あっという間に半年が過ぎた。

久成はビール醸造所の他にも、葡萄酒《ぶどうしゅ》醸造所と製糸工場の建設責任者も兼ねていると同時に、東京官園の運営もしていかなければならなかった。

毎日が目の回るほどの忙しさ。

この時期の久成の状況は、この一言に尽きた。

そんなとき、久成は開拓使の廊下で思わぬ人間と出逢った。

外出していた久成がこの日に限って裏口を抜け、勧業課のある方向に向かって廊下を歩いていると、前から何人かの男たちが歩いてくるのが見えた。あれは黒田長官と……。

久成の胸が、ざわっと騒いだ。

あの大きな男は、西郷吉之助――今や時の人となっている、隆盛だ。久成は慌てて体を廊下の隅に寄せた。

西郷と出逢うのは、あの幼いころの事件以来のことだった。これまでの目ざましい働きぶりは知っていたものの、実際にこの目で見るのは初めてだった。しかし――。

征韓論で大久保利通や岩倉具視《いわくらともみ》らに敗れた西郷は下野し、今は鹿児島で私塾を開いているはずだった。その西郷が、なぜここに……下野した西郷の許には禄を失った士族たちが集まり、新政府はその動向に目を光らせているとも聞いていた。

そのとき久成の脳裏に、お忍びという言葉が浮んだ。どちらからの意思なのかはわからないが、西郷は大久保に会うために上京し、そして何らかの政治的会談を……。

久成は息をのんで、西郷たちが通り過ぎるのを待った。頭をわずかに下げ、両手はきっちりと両脇に置いた。

男たちは何やら大声で喋りながら、近づいてくる。そして、久成のすぐ前を通り過ぎようとしたとき。

西郷の足が止まった。

久成の顔を凝視した。

「おはん……」

野太い声だった。屈託のない声に聞こえた。

久成の胸が、早鐘を打ったように鳴り出した。

「どこかで逢《お》うたような」

独り言をもらすようにいい、

「おおっ！」

突然、大声をあげた。

「あんときの、加治木の御家老様」

西郷の顔が綻んだ。

「うっすらと、あんときの面影がまだ残っちょる。いや、あんときのまんまたい。確か名前は、昇介どんたい」

奇跡のような言葉だった。

西郷は二十五年前の昇介を覚えていたばかりか、その昇介が今の久成であることをいい当てたのだ。久成の目頭が、ふいに熱くなった。歯を食いしばった。

「あの節は、失礼しました。子供のくせに、出すぎたまねをしてしまいもした」

震え声でいった。

「何をいうとるばい。おはんのおかげで、おいは助かりもした。おいが今あるのは、おはんのおかげたい。ほんなこつ、大した子供ばい、昇介どんは」

西郷は大きな手で久成の両肩をどんと叩き、

「して、今の名は、なんちゅうかいの。教えてくれんかいね」

「今は村橋久成といいます。この開拓使で働かせてもらっております」

しゃっちょこばって久成は答える。

「村橋久成どんか、よか名前たい。まったく、よか名前たい。で、久成どんは、この開拓使で、どんな役割を担うちょるんかいのう」

なおも、久成のことを訊いてくる西郷に、

「村橋は、勧業課長をやっております」

と答えたのは傍らの黒田だった。

「現在は本邦初のビールの醸造所を北海道に造るための責任者で、あっちこっちと奔走している毎日でございます」

これも黒田が答えた。

「ビールたいね——名前だけは聞いたことがあるけんが、おいはまだ、そのビールっちゅう代物を飲んだことがなかかと。できたら、おいにも、ぜひ一本」

「一本といわず、西郷先生なら十本でも二十本でも」

という黒田の言葉を追いやるように、

「久成どん、お願いしますたい」

西郷はまた、両肩をどんと叩いた。

「はい、必ず。必ず、西郷先生の許にお送りします。日本で初めてのビールを」

久成の声はほとんど、泣き声に近かった。

あの西郷が自分を覚えていてくれて、親しく声をかけてくれた。久成の心は、子供のような純粋な喜びにつつまれていた。ただ単純に、ただひたすら嬉しかった。

「西郷先生……」

掠れた声がもれたとき、西郷の分厚くて大きな手が、久成の右手を握りこんだ。強い力だった。久成の手も西郷の手を握り返した。温かな手だった。

西郷が、ぱっと笑った。

あの笑い顔だった。

いっときも忘れたことのない、あの顔だった。

眩しすぎた。

久成は目を細めた。

「なら、久成どん、またの。お国のために北海道を頼みますたい」

西郷はこういって久成の前を離れた。

誰かが久成の肩をぽんと叩いた。

一行の最後尾に堀田がいて、軽く手をあげてうなずいた。

「西郷先生は、村橋のこつを知っていたとですか」

黒田のこんな声が聞こえ、

「おいの、命の恩人たい」

西郷のよく通る声が久成の耳を打った。

久成は頭を下げたまま、いつまでもその場所に立っていた。


役所の帰り際、堀田がやってきた。

「村橋さんが西郷先生の知合いとは。いや、まったく気がつきませんでした」

堀田は感心したように笑いかけてから、声をひそめて久成を接見室に誘った。目が笑っていなかった。

「どうかしたとですか、堀田さん。えらい真剣な顔をして」

接見室に行き、向き合って座った堀田にいうと、

「その西郷先生のことですよ、忍び旅でいらっしゃった」

これも声をひそめていうが、久成は西郷という名前を聞くだけで胸の奥が熱くなって先刻の昂りが蘇った。

「感動しました。まさか西郷先生が、おいのこつを覚えていてくれたとは。しかも、会ったのは、おいが八歳のときの一度っきり。八歳ですよ、八歳。そのときの顔を、おい

の今の顔のなかに見つけて。あの人はやっぱり、すごか人です。徒者《ただもの》じゃありません。この国の宝です」

　憑かれたように喋りつづける久成に、

「あのあと、それが話題になって。三重岳の鉄砲事件のことは、西郷先生から詳しく聞きました」

　ささやくように堀田はいった。

「あっ、聞きもしたか。あのとき、あの人は、下男のために自らの命を絶とうとしたんですよ。自分のためには死ねなくても、人のためなら死ねる――すごか人です。あれ以来、西郷先生はおいの指針ともいうべき人になりもした。西郷先生は、おいの師です」

　と久成が声を張りあげたところで、

「そこです、そこが問題なんです」

　堀田がつまった声をあげた。

「そこが問題とは、いったいここの何が問題なんですか」

　久成は訝しげな声をあげる。

「西郷先生を師と仰いでいるのは、何も村橋さんだけじゃないんです」

　妙なことをいい出した。

「はあ、それはもう。あれだけのお人ですから、そう思っている人は沢山いることはわかりもすが……」

「黒田長官や今は敵対している大久保卿《きよう》も同様で、特に黒田長官などは熱狂的な西郷先生の信奉者といってもいい存在で、それは昔も今も何も変ってはいません」

と堀田はいうが、久成には話の筋がまだ見えてこない。

「それはよくわかりますが、そこの何が問題なんですか。おいには堀田さんが何をいいたいのか、よくわからないんですが」

単刀直入に口に出した。

「あのあと、西郷先生は村橋さんのことを、あれだけ肝の据った子供は、そうはおらん。あの子供は正においの命の恩人たいと、誉《ほ》めあげたんです。そのあと西郷先生は帰って行かれたんですが、それから黒田長官は急に不機嫌になって」

堀田の説明で大筋は見えてはきたが――。

「そんなこつぐらいで、黒田長官の機嫌が悪くなるとは。とてもちゃんとした大人のやるこつでは」

「ですから、前にもいったじゃないですか。黒田さんは、ちゃんとした大人じゃない。子供の部分をすてきれない、屈折した精神の持主だと。つまり」

堀田は一瞬、言葉を切ってから、

「嫉妬です」

とはっきりいった。

「嫉妬ですか！」

　思わず訊き返す久成に、

「黒田長官は、西郷先生を独占したいんです。いや、長官に限らず、西郷先生の信奉者はみんなそう思っているはずです。見ての通り、どこへ行っても輝いている人ですから、男でも女でも、みんなその魅力の虜《とりこ》になってしまいます。西郷先生は、典型的なぼっけもん。それも優しさを兼ね備えた、珍しかぼっけもんですから」

　ぼっけもんとは薩摩言葉で暴れ者といった意味だったが、その裏には男らしさという言葉も含まれていた。

「ですから、村橋さんを誉めあげる西郷先生を見て、黒田長官の胸に嫉妬の心が——村橋さんに西郷先生を取られた。そう思ったに違いありません」

　ようやく話の真意が理解できた。

「おいは、ただ単純に嬉しかっただけで。西郷先生を取ったなど、そんなこと考えたこともありませんよ」

　頭を振る久成に、

「それはよくわかっています。しかし、相手はあの、黒田長官ですから。いっときの感情で収まってくれればいいんですが、根にもったりすれば長引いて」

堀田は暗い声を出した。

「また、おいの仕事に横槍を入れてきますか。つぶしにかかりますか」

「そうならないことを、願ってはいますが、正直なところ、わかりません」

暗い表情でいう堀田に、

「まだ大丈夫です。札幌産のビールが完成するまでは、横槍は入らないでしょう。その間に横槍を入れれば、ビールの醸造が頓挫することにもなりかねません。おいは、札幌産のビールさえできれば、あとはどうなっても本望ですけん」

笑いながらいう久成に、

「完成直前に横槍を入れてくるかもしれませんよ。村橋さんにその栄誉を渡すものかと。あの人なら、やりかねないことです」

なるほどと久成はうなずく。

黒田ならやりかねない。

「いずれにしても、おいはそろそろ清兵衛と一緒に、北海道に旅立つつもりです。向こうに行って、醸造所建設の指揮も執らんといかんですけん」

久成の本音だった。

そろそろ北海道に行って本格的に醸造所建設に取りくまないと、今年の仕込みに間にあわなくなる。

「行くんですか。いよいよ北海道へ。じゃあ……」

といって堀田は、久成の顔を真剣な表情で見つめた。

「私も一緒に連れていってください。国産第一号のビールができる、北海道へ。お願いします」

深く頭を下げた。

「そうですか、堀田さんが一緒に行ってくれるんですか。それは頼もしい限りですたい。心から歓迎します。こちらこそ、よろしくお願いします」

これも久成の本音だった。

得体のしれない男ではあったが、堀田はこれまで、いつも久成のそばにいて、そしていつも久成の味方だった。

「ところで、堀田さん」

久成は笑いながら、堀田の顔を見た。

「堀田さんは西郷先生のこつを、どう思っているんですか。やっぱり信奉者ですか」

「西郷先生のことですか」

堀田は一瞬宙を睨んでから、

「頭が切れて行動力があって優しいぼっけもんで――さらに、人たらしの名人という言葉がここに加わってきますと」

ゆっくりと腕をくんだ。

「西郷先生は、人たらしの名人ですか」

思わず久成が体を乗り出すと、

「あの派手な顔と、あの大きな体、そんな西郷先生から満面に笑みを浮べて話しかけられたら。これは男でも女でも、ひとたまりもないでしょう」

満面の笑みと堀田はいった。

ひとたまりもないとも。

しかし、あの笑顔は本物だ。

あれこそ、西郷の心の叫び。堀田は人たらしだというが、たとえそうだとしても久成のその思いは変らない。あれは本物の笑顔だ。西郷の胸の内だ。

「それで結局、堀田さんの思いはどうなんですか」

久成は先をうながす。

「私の思いは中立。どうやら私の心はいつも醒めているようで、簡単には人を信じることができない性格のようです。やっぱり、臍曲がりなんでしょうね」

こんなことをいって堀田は薄く笑った。

久成の大車輪の働きが始まった。

早く北海道に行きたかった。

そのためには、滞っている仕事を片づけなければならない。久成は何度も青山の東京官園に通って、すべての試験場を見てまわった。問題点や気にかかることを詳細に文書にまとめ、後のことを副主任に託した。報告は順次するようにと念を押して。

清兵衛の尻も叩きつづけ、それこそ麦芽を運ぶ運搬車からビールを通す漏斗《じょうご》、ブリキ製の氷入れまで、ビール造りに関わるすべての物を対象に確認点検させ、久成自身は醸造所の図面を終日睨みつづけて、せかせかと机の周辺を歩きまわった。

すべての仕事に何とかメドがつき、久成は明治九年の五月に、北海道に向けて出発することを決める。

その少し前。

久成は中川清兵衛と堀田の二人を、天陽院裏の『志茂田』に誘った。

奥の小あがりに三人は陣取り、久成は改めて清兵衛と堀田に互いを紹介した。ちゃんとした席で二人が会うのは初めてだった。

牛鍋が運びこまれ、酒の入った徳利が卓子の上に並んだ。

それぞれの盃を手にして、

「ビール造りの成功を祈って」

久成の音頭で乾杯した。

鉄鍋のなかの牛肉がいいにおいを出し始め、無礼講の酒盛りとなった。

「清兵衛どん。北海道でのビール造りで、いちばん気をつけなけりゃならんこつは、何ですかいね」

久成が牛肉をのみこんで、清兵衛に声をかける。

「天候で、ございますね」

清兵衛は、きちんとした口調で答え、

「暖冬や冷夏がつづきますと、酵母の状態がおかしくなり、発酵が順調に行われないことがございます。原因が天候不順ということになりますと、こちらとしての打つ手もなくなります。ですから、いちばん困ります」

久成と堀田の顔を交互に見ていった。

「打つ手はないというたいね」

思わず久成は声を大きくする。

「これが技術的な問題なら打つ手もいろいろありましょうが、何といっても原因は天候不順、こうなりますと」

清兵衛が声を落すと、

「それは困りますな、実に困る」

それが癖のように堀田は天井を見上げる。

「確かに困るたい。そんなときはどうしたらいいのか。この後は真剣に考えて、何か対策を考えないと。それにしても、相手は酵母という、生き物。厄介なこつだな」

久成が溜息をもらすと、

「実は――」

といって清兵衛が笑みを浮べた。

「多少ではありますが、対策があることはあります」

「何と、対策があるというのか」

堀田が口をあんぐり開ける。

「それも、相手が生き物ならではの、とっておきの方法が」

清兵衛の言葉に二人は身を乗り出す。

「酵母菌の納まっている桶《おけ》を、木槌《きづち》で叩いたり、周りで太鼓や笛を鳴らしたり」

とんでもないことを清兵衛はいった。

「太鼓や笛に木槌とは――それは本当の話なのか、清兵衛どん」

驚きの表情を見せる久成に、

「もちろん、本当でございます。何といっても相手は生き物。木槌で叩けば驚きもしましょうし、太鼓を鳴らせば煩《うる》さがるか、いい気持になるか……いずれにしても変化をおこしてくれる可能性は大でございましょう。ドイツのビール職人の間に密かに語り継がれている、相手が生き物だからこその方法です」

にわかには信じがたい話を、清兵衛はまことしやかに語った。

「まるで、雨乞いだな」

ぼそっと堀田が口にした。

「雨乞いの相手は自然、私たちの相手は酵母というれっきとした生き物。断然、私たちのほうが信憑性《しんぴょうせい》はあります。ところで——」

清兵衛は大きな肉を口のなかに放りこみ、咀嚼《そしゃく》してからごくりとのみこんで、

「これはおいしゅうございますな。私は牛鍋という代物を今ここで初めて知りましたが、西洋のステーキよりも、断然おいしく感じますな」

満足げにいった。

この数カ月で、清兵衛はすっかり久成に打ち解けたようだったが、油断は禁物だった。何といってもこの男は、首根に短刀をつきつけられた、そのすぐあとで、給金の話を持ち出したという前歴の持主なのだ。

だが目立った諍《いさか》いもなく、ここまで二人三脚でやってきたことも確かで、このまま何の問題もおこさず、ビール誕生までこぎつけられればと久成は願っている。

肉があらかたなくなったとき、堀田が清兵衛の顔にぴたりと視線をあてて、こんなことを口にした。

「中川清兵衛殿に、ちょっと伺いたい儀があるのだが、正直に答えていただけるでありましょうか」

堀田は少し酔っているようだ。

「私に答えられることなら、何でも。どうぞ遠慮なく、お訊きくださいませ、堀田様」

清兵衛は丁寧に堀田にいう。

「ならば問う」

堀田の言葉つきが、いつもの柔らかなものから堅苦しいものに変っていた。珍しいことだった。久成は新鮮なものを見る思いで二人のやりとりを注視する。

「過日、清兵衛殿は神田の蕎麦屋で、天麩羅蕎麦をめぐって、店の小女および店主と諍いをおこしたと小耳に挟みましたが、それは事実でありましょうや」

あの件だ。なんと堀田は清兵衛の前で、あれを持ち出してきたのだ。が、久成には止める気がない。日頃冷静な堀田が酔っぱらっているのも面白いし、あの蕎麦屋の一件が事実であるかどうかも知りたかった。

「あの一件は、いろんな人の耳に入っているようでございますが」

清兵衛はここで言葉を切ってから、

「私がそんなことをするような人間に、見えるか否か……いかがでございましょうか、堀田様」

何でもないことのようにいった。

「なるほど」

と堀田は声に出して呟き、

「見える」

一言でいった。

「見えますか——それなら、あの一件は事実ということになります。私の不徳のいたすところです」

清兵衛はあっさり認めて、堀田に向けて頭を下げた。

「それを聞いて安心した。お主は、なかなかに面白い御仁であるということが、ようわかりました」

訳のわからないことをいう堀田に、

「では、私のほうからも堀田様にひとつ、お伺いしたいことがあります。正直に答えていただけましょうや」

今度は清兵衛が問いを発した。

「むろんのこと。何でも訊くがよろしかろう。知っていることも知らぬことも、すべての問いにお答えする次第ゆえ」

何だか禅問答に近くなってきた。

「それではお訊ねいたしますが。先刻よりいろいろ話をしていましても、堀田様が私たちと一緒に北海道へ行く理由が、とんとわかりませぬ。何かの肩書きがあるでもなし、何かの技術を有しているわけでもなし。そのあたりの事情をお話しいただければ幸いです」

なるほどそうきたかと久成は思う。

今回、北海道へ行く人員は総勢、十三名。大麦栽培をする人間や養蚕のための桑の葉の栽培人。樽《たる》職人や葡萄酒の醸造人など、それぞれの役目は決まっていたし、乗込む顔ぶれもかなり前から決まっていた。

そこへ堀田の飛入りである。どうやら清兵衛は、それが気になっていたようだ。何しろ清兵衛は久成から、短刀をつきつけられて契約書に署名捺印した過去がある。何かにつけて、疑心暗鬼になっていたとしても不思議ではない。

それなら、それで――。

「それは、おいからお答えしよう」

口を開いたのは久成だ。

「堀田殿は我らの、用心棒ということになるたいね。何しろ彼の地では、不審者の流入、不穏な動き、殺人、拐《かどわ》かし等々、五稜郭の戦い以来、食いつめ浪人も多数流れこんでいる。堀田殿はそのための用心棒。特に醸造所内部の規律には目を光らせてもらうつもりじゃけん。ちなみに堀田殿は薩摩示現流の真の達人。おいのように甘い男ではないけん、清兵衛殿も用心するにこしたことはないな」

すらすらと久成は、ここぞとばかりに清兵衛に釘を刺すようなことをいうが、これは今までの久成からは考えられないことだった。

律義で糞真面目――。

久成に対する、これが大方の見方である。

それが、ここ一、二年の間で微妙に変ってきた。特に西郷と開拓使の廊下で会ってから、それが顕著になったような気がする。気持が大きくなって、ゆとりが出てきた。多少のハッタリなら、それも平気で口に出せるようになった。向上なのか堕落なのか。それはわからないが、変ってきているのは確かだった。

「まあ、堀田殿の役目は、そういったものでしょう」

念を押すように久成がいうと、

「いやいや」

と当の堀田が口を挟んできた。

「私の主な役目は、清兵衛殿の目付。清兵衛殿が妙な動きをしないように、目を光らせていることですな。もし、そんな素振りを見せたら」

堀田は剣を握るようにして両手を頭の上に持っていき、低い気合とともに、それを振りおろした。

清兵衛の顔色が、すうっと変るのがわかった。

「まあまあ、堀田さん。座興はそれぐらいにして、楽しく飲むことにしましょうや。せっかくの席なんですけん」

久成は今までの展開を、座興という言葉ではぐらかした。堀田までが追討ちをかけるとは。これではちょっと、やりすぎだ。

「そうそう。これは座興戯言《ざれごと》の類いですから、気にすることなどは、まったくありませんぞ。清兵衛殿」

と、堀田もいうが、清兵衛の顔色の青さはこのあとも元に戻らなかった。

それから五日後。

久成たち開拓使と清兵衛たち技術者を乗せた新政府の輸送船玄武丸《げんぶまる》は、北海道に向けて無事出航した。

七　札幌へ

札幌にきて五日が過ぎた。

雁木《がんぎ》通りに面した醸造所の建設用地では、すでに地固めがすみ、杭打《くいう》ちが始まっていた。久成の目には、予定通り順調に進んでいるように見えた。

外国産のものを輸入するつもりだった大麦も、札幌官園に屯田兵の手で栽培されたものを使うことが可能ということがわかり、それを買いあげることになって多少は肩の荷が下りた。

工事を見つめる久成の胸に、由紀の顔が浮んでいた。

しかし、まだ行くことはできない。杭打ちがすみ、本工事が始まるまではここにいて進捗状況を見ていなくては。あと五日ほど我慢すれば、本工事に移れるはずだった。

「村橋さん、何だか面白くなさそうな表情ですね」

後ろから声がかかり、振り向いてみると堀田だった。

「面白くないというより、ちょっと退屈なだけですよ。無事に本工事に移るまで、ここを離れるわけにはいかないし」

笑いながらいうと、

「少しは変ったと思ってたんですが、相変らず律義なんですね。なにも、工事現場に泊りこむ必要はないでしょう。一日おきぐらいにくれば充分なんじゃないですか」

呆れたように堀田はいう。

「しかしまあ、あと数日のことですけん、今更町へ帰ってもね――けんどが、堀田さんこそ、ここに泊りこむことはないでしょうに」

「村橋さんがここにいる限り、私だけが町のほうに帰るわけにはいかないでしょう。何たって私は開拓使の用心棒ですから。特に村橋さんの」

「特においの用心棒って――それじゃあ、おいの行くところへは常に堀田さんがついてくるってこつに」

露骨に久成の顔が、うんざりしたものに変る。

「迷惑そうですね」

顔にはまだ、笑みが浮んでいる。

「迷惑とはいわないけんが、うんざりする思いがあるのは確かですね」

「大丈夫ですよ。ついてくるなといえば、ついていきませんから、どこでも好きなところへは行けますよ」

「それは、ありがたいな」

　ほっとした思いでいうと、

「ところで村橋さんは、例の同田貫をまだ懐のなかに忍ばせているのですか」

　急に話題を変えてきた。

「持っていますが、それが何か」

「二カ月ほど前に廃刀令が出ていますから、それでちょっと」

「いくら廃刀令が出ているといっても、おいの持ってるのは短刀ですけん――堀田さんのほうこそ、刀はどうしたんですか」

「持ってきましたよ、札幌まで。むろん、腰には差していませんが。もっとも町中では、両刀をたばさんでいる連中が、まだ相当いるようですけどね」

　堀田の言葉に、由紀の亭主である村瀬礼次郎の顔が浮んだ。あの男はまだ、両刀を腰にしているのだろうか。

　そんなことを考えながら懐中時計を取り出すと、そろそろ作業の終るころだ。

　夜は人夫たちと一緒に飯を食べ、人夫たちと一緒の小屋で寝た。堀田も久成と同じ行動をとった。

　そんな五日間がすぎ、ようやく本工事にかかることになり、それを見極めて久成は札幌の町に戻った。

「今夜は、ついてこなくていいですけん」

と堀田にいうと、

「わかりました。でも、あのときいった、特に村橋さんの用心棒というのは冗談ですから。これからは私に断る必要はありません。自由に好きな所へ行ってきてください」

堀田は軽く頭を下げた。

夕食を終えた久成は、官舎の通用口から外に出た。ちょっと肌寒さは感じたものの、空気は爽やかだった。

久成はぶらぶらと飲み屋街に向かって歩いた。

派手な灯りをつけた三階建ての家屋が見えてきた。『貴北楼』だ。前には多くの人間がたむろしていた。

客引きにつかまると面倒なので、久成はさっさとその前を抜けて何軒もの飲み屋が並ぶ通りから横道へ入る。

少し歩くと古びた店が目に入る。腰高障子には『いろは』の文字。とうとう、やってきたのだ。

久成は店の前で、大きく深呼吸する。

一年半ぶりの由紀との対面だ。

と考えて久成は急に不安になる。

由紀はまだ、この店にいるのか。どこかに移っていって、いなくなっているのではないか。何しろ、音信不通の状態が一年半もつづいたのだ。何がどうなっていても、おかしくはない。

久成は腰高障子にそっと指を触れる。一瞬躊躇《ちゅうちょ》してから、障子に触れた指に力を一気にこめる。音を立てて障子が開いた。

なかを覗きこむと、十人ほどの客が静かに酒を飲んでいた。あのときと同じ光景だ。では由紀はと、恐る恐る奥に目をやると、女が一人で酒を飲んでいた。

由紀だ。ちゃんと、まだいたのだ。

あのときと同じように、久成は入口脇の卓子の前に座りこむ。

「いらっしゃい」

懐しい声が聞こえて、ふらりと由紀は立ちあがり、久成の席にやってきた。無言で前の席に座りこむ。

「お客さん、何にしますか」

ふわっとした声で訊いてきた。

「ああ、酒と肴は見つくろって」

最初のときと同じように、声が震えた。

「前にどこかで、お目にかかったような」

そういって由紀は、まじまじと久成の顔を見た。

「えっ」

と短く声をあげた久成の顔が、途方に暮れた表情に変る。体中を不安感がつつみこみ、胸の鼓動が速くなった。

「あの、おいは」

蚊の鳴くような声を久成が出すと、

「何て声を出してるんですか、村橋さん」

由紀の顔がふいに綻んだ。

不安感が久成の体から一気に抜けた。

「由紀殿も人が悪い。おいはてっきり、忘れ去られてしまったのかと」

非難めいた視線を向けると、

「すっかり忘れてましたよ。蚊の鳴くような声を聞いて、ようやく思い出したんですよ」

「やっぱり、人が悪い」

ほんの少し唇を尖《とが》らせると、

「一年半も姿を見せないほうが、ずっと人が悪い気がしますけどね」

そういわれれば、返す言葉はない。

「それで今度は、いつまで北海道にいるんですか」

「半年か一年ほどは——」

申しわけなさそうに久成が口に出すと、

「あら、そんなにいるんですか。それは、大変ですね」

皮肉っぽく由紀はいい、

「この前は屯田兵の宿舎で、今度は何をつくるんですか」

真面目な口調で訊いてきた。

「今度は——」

久成は軽く咳払《せきばら》いをして、

「ビールをつくろうと思っての。日本で最初のビールを札幌での」

少し誇らしげにいった。

「ビールって……いったい何ですか。そういう建物があるんですか」

訳がわからないという表情を由紀はした。

無理もなかった。日本で最初のビールをこれからつくろうというのだ。知らなくて当然といえた。

「ビールというのは、外国の——」

と久成のビール談議が始まる。

由紀は一言も口を挟まずに、ひたすら黙って話を聞く。

「それって、本当においしいんですか」

話が終ると、疑わしそうな目を向けた。

「うまい、断然うまい」

はっきりいいきる久成に、

「値段はどれぐらい、するんですか」

痛いところをついてきた。

「それはまあ、高いな。何たって、日本で最初のものじゃけん。まあ、申しわけないがそういうことになるな」

本当に申しわけなさそうにいうと、

「おいしくて、高いって」

由紀は一呼吸おいてから、

「何だか私のようですね」

おどけた調子でいった。

「なるほど」

久成は大きくうなずき、

「正しく、その通りだ。いや、由紀殿は面白いことをいう」

一人で喜んでいると、

「お酒持ってきます」

由紀はすっと立ちあがった。

しばらくすると、盆の上に酒と肴を載せて由紀が戻ってきた。銚子は一本で盃もひとつ。一年半前と同じだ。

「どうぞ」

銚子を差し出す由紀の酌を、久成は素直に受ける。これも一年半前とまったく同じ光景だ。

久成が飲んで、由紀が同じ盃で飲む。この繰り返しがつづく。

「ご亭主の礼次郎殿は、元気かの」

何気なく久成は訊いた。

「元気ですよ。昼間は相変らず、ごろごろしていて、夜がふけると私を迎えにきます。まったく変らないですね」

「相変らず、ご亭主の仕事は……」

いいにくそうに口に出すと、

「今時、食いつめ浪人の仕事なんて、どこを探したって、ありゃしませんよ。そんな浪人が日本中に溢れてますからね」

何でもないことのように、由紀はいった。

「立ち入ったこつを訊いて悪いけんが、そもそも由紀殿とご亭主は、なぜこの札幌の地におられるのであろうかの」

由紀に対して初めて訊くことだった。

「会津から長岡、仙台……戦いに明けくれる夫にくっついて、最後は箱館の五稜郭。負け戦の地にいるわけにもいかず、この札幌に流れついて」

低すぎる声で由紀はいった。

「これは、相すまんこつを。立ち入ったこつを訊いてしまって、まことに……」

久成は掠れた声でいい、

「しかし、それだけの歴戦の兵《つわもの》ともなれば、ご亭主は、よほどの剣の腕前というこつになるのかの」

以前から気になっていたことを、口にした。

「強いですよ。流派は無外《むがい》流ということでしたが」

細い声でいう由紀に、

「ああ、それは」

とだけいって久成は押し黙った。

「村橋さんは弱そうですね」

情け容赦のない声が、すぐに耳を打った。

「弱い弱い、誰よりも弱い。あんまり弱すぎて涙が出てきます……」

最初の一撃だけは誰にも負けないといいたかったが、いえなかった。

「そのほうがいいですよ、無理をしませんから。なまじ強いと男は無理などしても、いいことはひとつもありません。周りを泣かすだけです」

自分にいい聞かせるように、由紀はいった。

「しかし、男は無理をするもので、女は我慢をするもの。昔から、そう決まっているけん、こればっかりは」

独り言のようにいうと、

「そんなこと、誰が決めたんですか」

珍しく、由紀が反論してきた。

「誰がといわれると、それは」

久成は答えに窮する。

「私は逆だと思っています。無理をするのは男で、我慢するのは女なんていうのは、真っ赤な嘘——私は本当はその逆だと思っています」

宙を見つめて由紀はいった。

「そうすると、男は我慢するもので、女は無理をするもの。そういうこつですか」

「そういうことです。上っ面じゃなく、その下をほじくり返した本心の部分は、そういうことだと思います」

いつものように淡々といった。

「本心の部分……」

ぼそっと呟き、

「そうかもしれんの。人間は男も女も本心を隠して、上っ面の部分だけで生きているけんが」

しみじみとした口調で久成はいう。

「そう。でも切羽つまれば、みんな本心が顔を覗かせます。上っ面だけで生きていけなくなれば、そうするしか術《すべ》はありません。現に私だって――」

ぽつりと由紀は言葉を切った。

久成は心のなかで、あっと叫ぶ。

しばらく無言で二人は酒を飲んだ。

酒がなくなると、由紀は無言で立ちあがり、厨房に入って銚子を持ってきた。

そしてまた、無言で酒を飲んだ。

言葉はなくても久成は幸せだった。いや、言葉がないからこそ、幸せなのかもしれなかった。無言の対話は心の対話だった。誰も口を挟むことのできない、二人だけの絆《きずな》。

幸せだった。

二人は無言で飲みつづけた。

最後の客が立ちあがり、由紀は見送りのために席を立つ。

戻ってきた由紀が久成の前に細い体を滑りこませた。

久成がそっと由紀を窺い見た。由紀も久成を見ていた。目が合った。綺麗な目だった。

由紀は視線を外さない。久成の顔を凝視しつづけた。久成はどうしていいかわからない。

由紀の視線を受けとめながら、久成の胸は喘《あえ》いでいた。

「由紀殿……」

久成が切羽つまった声をあげたとき、それがおきた。

由紀の目が一瞬で潤んだ。

切れ長の目から涙がこぼれて頬を伝った。

久成の胸が音を立てた。

由紀が愛《いと》しくてならなかった。

どんなものより愛しかった。

これが、恋……。

そう感じたとき、久成の心が一転して胸のすべてが悲しみにつつまれた。由紀は人の妻だった。そして由紀は、金で抱かれる娼婦だった。悲しみが切なさに変った。

針を刺されたように心が痛かった。

「村橋さん……」

くぐもった声を由紀が出した。

「今夜はもう、帰りなさい」

思いがけない言葉だった。

当惑の色が久成の顔に浮んだ。

「もうすぐ、礼次郎殿が店のなかに入ってくるはず」

はっきりした口調でいった。

「礼次郎殿が、なぜ」

当惑の表情のまま訊いた。

「理由は、また後日――とにかく帰って」

何かを訴えるような目で由紀はいった。

「わかりもした。それなら今夜はこれで帰るけん」

勘定を払って戸口に向かうが、由紀の見送りはなかった。

腰高障子を開けると心地良い風が吹きこんできたが、久成の胸は重かった。周囲を見回すと、二軒先の店の前に男が立っていた。両刀を腰にたばさんでいた。

村瀬礼次郎だ。由紀の亭主だ。久成の胸が軋《きし》んだ。やるせなさが体中をつつみこんだ。

礼次郎に軽く頭を下げ、久成は肩を落してとぼとぼと歩き出した。

工事は順調に進んでいた。

本当は煉瓦《れんが》造りの頑丈なものにしたかったが、木造である。煉瓦造りともなれば、工期も長くなるし、金もかかった。木造に甘んじるより仕方がなかったが、木材だけは良質なものが使われていた。壁板の厚さは屯田兵宿舎の二倍以上あった。北海道の冬の寒さにも充分耐えられる構造だった。

竣工《しゅんこう》予定は二カ月後。突貫工事だった。麦酒醸造所はもちろん、葡萄酒醸造所、製糸工場も同じ工期予定だった。そのために現場はごった返し、足の踏み場もないほどの状態になっていた。

久成は作業の邪魔にならないよう、かなりの距離を置いて、建物のできあがる様子を見ていた。隣に並んで立っているのは、堀田である。

「建物のできあがっていくのを見ているのは楽しいね。何となく、子供のころの砂遊びを思い出させるような気もするけんね」

目を細めていう久成に、

「砂遊びですか。村橋さんは子供のころ、砂で何をつくっていたんですか」

興味深そうに堀田がいった。

「おいは、お城だったね。といっても、うまくできた例《ためし》はなかったけんが」

久成は昔を懐しむような口調でいい、

「堀田さんは何を」

と、これも興味津々の目を向ける。

「私は駄目です。みんながつくったものを壊すほうが専門で」

堀田は大袈裟に首を振り、

「ところで、順調に進んでいる工事現場を見ている暇があったら、書類仕事のほうを片づけていったほうがいいような気がしますが。外出が多いということは、かなりたまってきてるんじゃないですか」

憐《あわ》れむような顔でいう。

けっこう細かいことにも、気が回る男だ。

「たまってるたいねえ。毎日こなしてはいるんだが、ちょっとでも手をぬくと、どんどんとね。発注書、許諾書、請求書、見積書、意見書、決算書、嘆願書。あとはまあ、何やら、かにやらと――おいにいわせりゃあ、半分以上がいらないものだけんどね」

と久成は空を見上げ、

「そうそう、いちばん嫌なものを忘れてた。政府にお願いをする、お伺い書というのもあるたいねえ」

溜息まじりにいって視線を落す。

「政府に物申す、村橋さんお得意の上申書というのもありますよ」

おどけたように堀田がいった。

「ああ、あれはいい。真に必要なのはあれぐらいで、あとのものは」

首を振る久成に、

「そんなものを書いているより、醸造所ができあがっていくのを見ていたほうが、いいですか。それにしては――」

じろりと久成の顔に視線をあてた。

「顔色が優れないというか、元気がないというか。ひょっとして」

ひと呼吸置いてから、

「先夜、一人でどこかに出かけていったとき、何かあったんじゃないですか」

見てきたようなことをいった。

久成の胸がざわっと鳴った。

同時に、この男に何もかも話したいという衝動に久成は駆られた。

「凄いねえ。さすがに、あの黒田長官に見こまれただけのこつはあるたいね」

視線を空にやってから、

「どうも、好きな女性《にょしょう》ができたらしい」

もごもごした口調でいった。

「由紀さんですか」

びっくりする答えが返ってきた。

「堀田さん、あんた、なんでその名前を」

堀田の顔を穴のあくほど見た。

「以前、二人で札幌の話をしていたとき、何気なく由紀殿という名前が村橋さんの口から――簡単な種明しですよ」

覚えていたのだ、この男は。あの何気ない一瞬の自分の言葉を。やはり、この男は徒《ただ》者《もの》ではない。久成は堀田の記憶力の良さに今更ながら舌を巻く。

「実はその、由紀殿のこつじゃけんどが」

と久成は先夜の一部始終と、一年半前のあれこれを、ざっと堀田に話して聞かせた。札幌を離れる最後の夜の裸体事件だけは除いて。

「村橋さんは、今までに恋というものをしたことがなかったんですか。その年になられるまで」

話を聞いたあと、堀田が真っ先に出した言葉がこれだった。

「ないたいねえ。嫁取りは親がきめた相手で、祝言の日まで顔を見たこともなかったし。男と女の間というものは、そんな表面だけの形式的なものだと思いこんでいましたけん」

久成の本音だった。

「さすがは加治木の御家老様。私たちには考えられないような毎日を、送ってきたんですねえ。ある意味、尊敬に値します。いや、脱帽です。大したもんです」

堀田は何度も頭を振った。

「それから、さきほどのお話ですが、それは正しく恋です。村橋さんは恋に開眼したんです。そして、お相手の由紀さんという女性も、村橋さんのことを憎からず思っているはずです」

「本当ですか！」

堀田の言葉に、久成は思わず声を高くした。

「あとは村橋さんが、その由紀さんを、どうリードしていくかだけです」

「リードですか、ハイカラな言葉が出ましたが、それは無理ですけん」

きっぱりといった。

「無理とは、なぜですか。相手が娼婦だからでしょうか」

「それはいいのです。辛《つら》いこつですが、我慢すればすむことですけん。無理な理由は、由紀殿が人の妻だということです」

声をひそめて久成はいう。

「そうでしたね。由紀さんは人妻でしたね。しかし、そんなことをいうなら、黒田長官などは不道徳の極致ですよ。あの人がどれだけ、人の妻に手を出しているか。それからいえば、村橋さんは一人だけ。それも本物の恋です、許されるような気がしますが」

　噛んで含めるように堀田はいう。

「どのようにいわれても、おいには無理です。そんなこつをすれば人が人ではなくなり、獣になってしまいます。堂々と道を歩けなくなりますけん」

「じゃあ、どうするんですか。せっかく、恋というものに行きついたのに」

「陰ながら、由紀殿の幸せを祈ります。むろん、おいにできるこつなら、どんな力にもなるつもりですが、恋のほうは陰ながらです」

　両の拳を握りこみながらいった。

「そういう男は、いちばん嫌われますよ。女は好きなら好きと、はっきりいってほしいんです。床の間の飾りものにはなりたくないというのが女の本音です」

　堀田の言葉に久成の胸が嫌な音を立てる。

「そうなんですか……けんど、どういわれようと、人の妻はやはり駄目です」

　うなだれていう久成に、

「とても、中川清兵衛の首に刃を突きつけた人の言葉とは思えないですね。大袈裟にいえば、人を殺すことはできても、人妻を抱くことはできない。こういうことになるわけで、やはりどこかが矛盾しています。みごとにずれています」

「ずれ……」

呟くようにいい、

「そうかもしれない。おいはどこかが、ずれているのかもしれません。何しろ――」

箍《たが》の外れる男ですからという言葉を、久成は喉の奥にのみこむ。この上、こんなことをいえば狂人あつかいされてしまう。

「何しろ、どうしたんですか」

訝しげな目で堀田が見ていた。

「いえ、何でもなかとです」

きっぱりといいきる。

「まあ、いいでしょう――それから、ご亭主が店のなかに入ってくるようになった件ですが、嫉妬と焦りですね。居ても立ってもいられないんですよ。その、ご亭主も由紀さんのことが好きで好きでたまらないんでしょうね。地獄ですよ」

しんみりした口調でいった。

「すべては、あの戦争のせい。あの戦争で、どれほどの人が悲しい人生を歩むことになったか。おいたちは、それを肝に銘じていかなければ……」

自分にいい聞かすようにいう久成に、

「村橋さんは心が優しすぎますね。確かに人生を狂わせた人は沢山いるでしょう。しかし、すべてはこの日本国のためです。この日本国が近代的な独立国家として生れ変るためのもの。多少の犠牲は仕方ありません。残念なことではありますけど」

堀田は軽く頭を下げて、こういった。

数日後、久成は大判官の松本から急に呼び出しをかけられ、執務室に向かっていた。嫌な予感がした。

黒田から何か横槍が入ったのでは。

そんなことを考えながら、久成は執務室の扉を叩いた。

「入れ」

という声が聞こえ、久成は飛びこむようにして部屋のなかに入った。

書棚を背に、大きな机の前に座った松本が久成を睨むように見ていた。

久成はその前に立って、松本が口を開くのを待った。

「実は厄介なことが、おこった」

厄介なことと松本は口にしたが、その割には体に緊迫感のようなものは感じられない。

ということは、その責任は松本にはなく久成一人が負うもの――。

「二カ月の工期の期限が、さらに五日ほど早まった」

何でもないことのようにいった。

「まともに考えれば、二カ月間でも無理な工事。それを五日間の工期短縮など、到底無理な相談。それぐらいのこつは、大判官殿にもわかっておりましょうが」

叫ぶように久成はいった。

「わかっとる。よう、わかっとるべ。だけんじょが、これは黒田長官からの、直々の命令じゃさけ、くつがえすわけにはいかん。村橋さに何か文句があるなら、黒田長官に直《じか》談判《だんぱん》してもらうほかはないべ」

淡々と述べる松本に、

「いったい、黒田長官からの工期を短縮せよという理由は何なのですか。それをお聞かせ願いたいのですが」

久成の言葉に、松本は机の傍らに置いてある、一通の封書を目顔で指した。

机に久成は近づき、封書を手に取ってなかの文書を引きぬく。

『緊急ノ事』と冒頭に書かれた書面に、久成は急いで目を通す。

唖然《あぜん》とした。

政府の要人がビール醸造所を視察するため、それまでに工事を完了せよという、東京からの命令書だった。

視察にくる政府要人の主な顔ぶれは、太政大臣の三条《さんじよう》実美《さねとみ》と陸奥《むつ》宗光《むねみつ》、寺島《てらじま》宗則《むねのり》、それに山県有朋《やまがたありとも》と伊藤博文の五人だった。

黒田の差し金だと思った。

開拓使長官である黒田は、政府のお偉方に日本で初のビール醸造所の完成を見せ、自分の功績を声高に主張したいのだ。そうとしか考えられなかった。子供っぽい一面を持った黒田なら、やりそうなことだった。

この視察に間に合うように醸造所を完成させよというのが黒田の要求だった。一行がくるのは八月二十一日――あと一カ月ちょっとしかなかった。

久成は唸り声をあげた。

「そういうことじゃかん、村橋さ。早急に手を打ってくれんかいね」

松本は何気なくいうが、心中ではこの騒動を面白がっている。そんなふうに久成には見えた。何といっても工事責任者は久成であって、松本ではないのだ。

「手を打てといわれても、どう手を打ったらいいのか。おいには手の施しようがないように思われますが」

久成は腹の底に響くような声を出した。

今いったように、打つ手が何もないのは事実なのだ。それなら……。

「あろうがなかろうが、手を打たなきゃ、工事は完成せんだべが」

少し苛《いら》ついた声を松本が出した。

「何といわれようが、これ以上の工期短縮は無理。今でもぎりぎりのところを、どんな手を打てと。おいは手妻遣《てづまつか》いではありませんぞ、大判官」

「ならば、どうするつもりじゃ」

松本が声を荒らげた。

どうやらいつもはおとなしい久成の様子が、今日に限っておかしいことに、ようやく気がついたようだ。

「放っておきましょう」

いってのけた。

いくら直接の責任がないとはいえ、松本は北海道開拓使本庁の大判官である。その松本が今回のこの件を余所事《よそごと》のようにあつかうのが久成には許せなかった。

それがこの言葉になって出たのだが、口にした久成自身が驚きの気持に襲われていた。あの、律義で糞真面目といわれた自分が、大判官に向かって拒絶の言葉を口にしたのだ。いわば反抗である。自分は変ってきている。そんな自問自答をしながら松本の顔を窺い見ると、顔色が変っていた。

「完成途中の、ありのままの姿を見せれば、それで充分でしょう。その旨、黒田長官においのほうから知らせを出しておきもす」

久成が更に言葉を加えると、松本の体が小刻みに震え出すのがわかった。

「だけんどが、村橋さ。くるのは政府のお偉方じゃかん、そげな、むげなあつかいも、ちょっとのう」

松本の声の調子が変った。

建設の責任者は久成だが、視察にくる政府の要人たちの接待の主役は松本だった。顰《ひん》蹙《しゅく》とまではいかないにしても、不評を買うのは確実だった。自分の頭にも火の粉がふりかかってくるのだ。

「なあ、村橋さ。何かいい考えはないだべか。こんままでは、わしも村橋さも立場が悪うなるのは目に見えとる。なあ、村橋さ」

声が哀願調になった。

「おいは、どれだけ立場が悪うなっても一向に構いませんけんが、大判官がそれほどまでにおっしゃるのなら」

「おう、何か手があるべか」

松本が吼《ほ》えるようにいった。

「手はないですけん。契約書の竣工期限は二カ月後。これを早めろというのはこちらの横暴で、向こうには受ける義務はありませんけん。となれば、あとは先方の工事頭《がしら》と人夫衆にひたすら頭を下げて頼みこむ。これしか方法はないですけん」

久成は最初から、こうするつもりだった。これしか方法がないのも確かだった。

「人夫どもに頭を下げて頼みこむのか」

ざらついた声を松本は出した。

「やってくれますか、大判官」

真面目な口調でいうと、

「いや、わしにはちょっと……」

慌てて顔の前で手を振った。

「まあ、これは醸造所建設の責任者である、おいがいたしますが。こちらの希望を受け入れてくれるかどうかは、先方次第。そのこつだけは、お含みおきを」

松本の顔を正面から見ていった。

「それはまあ、そうじゃな。だけんどが、なるべく受け入れてくれるように、何といったらいいのか、丁寧にな。そこんところを、よろしく頼みますぞ、村橋さ」

ほんのわずかだったが、松本は久成に向かって頭を下げた。

久成は大判官の執務室を出た。


その日から三日間かかって、久成は二つの醸造所と製糸工場の建設を請けおっている会社の工事頭と人夫たちの間を回った。

誠心誠意、額を床にこすりつけて、五日間の工期の短縮を願った。最初は困惑の表情を浮べていた先方だったが、久成の態度を見てあっさり承諾した。

「村橋さんに、そうだに頭下げられちゃあ、断るわけにはいかんべなあ」

大体がこんなことを口にして、引受けてくれたが、これは久成の日頃の言動の賜物《たまもの》といえた。久成は札幌にきた最初の数日間、人夫たちと寝起きを共にする日をつづけた。同じ釜の飯を食い、車座になって酒をくみかわし、同じ屋根の下で眠った。人夫たちにしたら考えられない、久成の行動だった。珍しすぎる役人だった。

これが全面的に活《い》きた――。

すべての現場を回り終えた夜、久成は『いろは』を訪れた。

腰高障子の前に立って、周囲を見回してみるが、由紀の夫の礼次郎の姿は見えなかった。今夜はまだ、きていないようだ。

障子を開けてなかに入ると、やけに客が多い。狭い店のなかは、ほぼ満員で、かなり騒がしい。一つ二つ、空いている席はあるのだが、その周りは目つきの悪い男たちで占められていて声高に何かを喋りまくっている。どうやら、いつもの由紀を見るだけが目的の優しい男たちとは、がらりと客筋が違うようだ。

さてどうしようかと、店のなかを見回していると、ようやく由紀がやってきた。

「すみません、村橋さん。今夜はこんな状態で」

と由紀は申しわけなさそうにいう。

「実は今夜は、ご開帳だったんですよ。それでこんなに人が」

この言葉に久成の胸が、ずきりと痛んだ。

世間でご開帳といえば、女のあそこを男たちの目の前で露《あら》わにする……ということは由紀は今夜それをやったのか。見るだけは、只の女の由紀が。だから、礼次郎は今夜、姿を現そうとはしないのか。

「由紀殿……」

泣き出しそうな顔で久成は由紀を見た。

「由紀殿は今夜、ご開帳を」

喉につまった声を出すと、一瞬由紀はぽかんとした表情を浮べ、

「何を莫迦《ばか》なことを、いってるんですか。ご開帳違いですよ、博打場《ばくちば》のほうですよ。『貴北楼』の裏で今夜賭場が開かれて、オケラになった連中があっちこっちに散らばって飲み食いしてるんですよ」

珍しく早口でいった。

「何だ、軒下にご亭主の姿も見えなかったし、これはてっきりと。いや、安心しました」

嬉しくなって声を張りあげると、

「礼次郎殿ならきていますよ。乱暴者が集まるだろうから用心棒代りにと、今夜は軒下

ではなく、ほらあそこに」

由紀は目顔で奥の隅を指した。

いた。礼次郎だ。仏頂面をして、独り手酌で盃を口に運んでいた。

「そうだ。礼次郎殿の前の席に、村橋さんが座ればいいんですよ。さすがに、あの席には誰も座ろうとしませんから」

いうなり由紀は客の合間をぬって、礼次郎の前に行き小声で耳打ちをした。すぐに由紀は久成に向かって小さくうなずいた。

交渉は成立したようだが、久成にしたらとんでもない展開といえた。初めて恋をした女の亭主の前に座るのである。それに礼次郎には以前、斬られかかったこともあった。災難としかいいようがなかった。

由紀の心がわからなかった。

しかし、こうなったからには仕方がない。久成は礼次郎の席の前に行き、

「同席させて、いただきもす」

丁寧に頭を下げた。

礼次郎もちらりと久成の顔を見て、軽く会釈を返してきたが、ぎこちなさは互いに拭えない。

すぐに由紀が酒と肴を運んできて、久成の前に置いた。手酌で盃につぎ、久成は一気

に飲む。ふうと吐息をもらす。この状況がこれから、どれほどつづくのか。

しばらく勝手に飲んでいると、

「あの折りは無体な仕儀におよび、すまぬことをした」

ぽつりといった。

「いや、お心遣いはご無用に。村瀬殿がお怒りになるのはもっともなこつ。非はすべてこちらにありもす。まことにもって申しわけないこつをいたしました」

久成は素直に頭を下げる。

「村橋殿は、あの戦いでお身内衆を亡くされたなどということは――」

顔をあげて真直ぐ礼次郎を見た。

鋭い眼光が久成を見すえていた。

「長岡の戦いで、おいも弟の宗之丞《そうのすけ》を亡くしもした。二十一歳でした」

「さようでござったか」

眼《め》のなかから鋭さが消えた。

「聞けば三年ほど前には、ご嫡男もご病気で亡くされたと……」

「手紙では流行《はや》り病とだけ書かれてあったので、詳細はわかりもはんが……おいはまだ、死んだ亀千代の墓参りにも帰っておらん有様ですけんに。まことにもって情けない父親でありもす」

語尾が震えた。

「申しわけござらぬ。嫌なことを思い出させてしまい、許されよ」

今度は礼次郎のほうが頭を下げた。

どうやら悪い男ではなさそうだが、五歳で死んだ幼子の妙のことだけは頭から離れないようだ。

「死んでいった者も辛《つろ》うござるが、残されて生きていく者も辛うござる」

礼次郎は独り言のようにいってから、

「この世は地獄そのもの……」

絞り出すような声を出した。

幼い子供を亡くし、残された妻は体を売る身、自分は嫉妬に身を責められながら、漫然と生きつづける。礼次郎にしたら、正に地獄そのもの。そしてそれは、初めて恋というものを知り、同じ立場に陥った久成にとっても同様だった。

「つい、泣き言を並べてしまい申した。忘れてもらえれば幸いでござる」

そう礼次郎が口にしたとき、店のなかに怒号と何かが割れる音が響き渡った。

どうやら賭場帰りの連中の間で諍《いさか》いが始まったようだ。数人の男が立ちあがって睨み合っているのが見えた。ささいなことで、すぐにかっと熱くなる連中だ。

「どうやら、拙者の出番のようでござる」

のそりと礼次郎が立ちあがった。

立ってみると礼次郎は上背があった。五尺八寸はあった。

睨み合っている連中のそばに、ゆっくりと近づいていった。

「殴り合うなら表でやれ。この店で諍いをおこすのは、俺が許さん」

大音声で怒鳴りつけた。

「何だべ、てめえは」

男の一人が怒鳴った。

「俺は、この店の用心棒だ」

くぐもった声で礼次郎は答えた。

「用心棒だと。なら、てめえが俺たちの相手になるべか。ドサンピン」

「それが望みなら、当方に異存はないが」

抑揚のない声が聞こえた。

「上等じゃねえか。なら、表に出たれや、ドサンピンがよ」

男たちが息まいた。新しい敵の出現に、反目しあっていた男たちは突如一緒になって、礼次郎にあたってくるようだ。

五人の男が外に出た。

どこからどう見ても、ならず者。そんな風体にしか見えない男たちの前に、礼次郎は無表情で立った。

一人の男が懐から匕首《あいくち》を抜いた。

両手で持って礼次郎に向かって突っこんでいった。ひょいと体をかわした瞬間、礼次郎の右拳が男の顔面に飛んだ。男の顔が赤く染まって血がしぶいた。

残る四人の男たちのなかに、礼次郎が突っこんだ。

一人の男が水月《みぞおち》を蹴られて崩れ落ち、もう一人が右手を逆にきめられたと思ったら、一回転して地面に叩きつけられた。

匕首を逆手に持った男は左腕で手首を払われ、首根に手刀を叩きこまれた。

あっという間の出来事だった。

由紀がいうように礼次郎は強かった。

二人の男は地面に横たわり、二人の男が尻をついて蹲《うずくま》っていた。礼次郎はこれらの男をすべて、一瞬のうちに素手で倒したのだ。柔術の技のようだった。

戸口に立って成行きを見ていた店の客から、歓声があがった。

残る一人に礼次郎が近づいた。

男の顔が恐怖に歪んだ。

「金を払って、さっさと帰れ」

男は慌てて懐から金を出し、足りない分はうずくまっている男から集めて礼次郎に渡した。礼次郎は店のなかに戻り、由紀に金を手渡して元の席に座った。

それからすぐに、賭場帰りの連中は一人消え、二人消えして店からいなくなった。

「拙者の役目は、終ったようだ」

礼次郎はそういい、銚子に口をあてて残っていた酒を一気に飲み、久成に会釈をして店から出ていった。

おそらく、自分の持場である軒下に戻ったに違いない。好奇の目で見られるのが、どうやら礼次郎は嫌いなようだ。

しばらくしてやってきた由紀は、卓子の上の物を綺麗さっぱり盆の上に片づけ、調理場に向かった。すぐに由紀は新しい銚子と盃を手にして戻り、それまで礼次郎が座っていた席に腰をおろした。

「どうぞ」

と久成に酒をすすめ、手にした盃に酒をついだ。

「確かにご亭主は、由紀殿がいったように強い。いや、びっくりしました。剣のほかに柔術も会得しておられるようで、ただただ驚くばかりです」

感嘆の声をあげて、盃の酒を飲んだ。

「強いだけが、取り柄の人ですから」

由紀は何でもないことのようにいい、

「あれが、あの人流の憂さばらし」

低い声でいった。

「憂さばらしですかいね」

「原因は私、礼次郎殿は私の商売が気になって仕方がないようで、近頃はふさぎこむか、苛ついているか——かといって、私たちには他にお金を稼ぐ手段などはありません。ですから仕方がないのです。けれど、礼次郎殿は、その仕方のなさを押えこむ術を忘れ去ってしまったようで」

由紀は一気にいって、盆の上に置かれた盃に手を伸ばす。久成は慌てて銚子をつかみ、由紀の持つ盃に酒を満たす。

由紀はそれを一気に飲んだ。

「仕方がないんです、仕方が……」

細い声をもらした。

そう、由紀のいうこともわかるが、礼次郎の気持も痛いほどよくわかった。ではどうすればと考えても答えはなかった。久成の胸がぎりっと痛んだ。

「ですから礼次郎殿は、夜が遅くなると店のなかに入ってきたり、外からなかの様子を窺ってみたり。やることなすことが支離滅裂になってきて」

先夜、由紀が「もうすぐ、礼次郎殿が店のなかに入ってくるはず」といっていた答えがこれなのだ。

「そんな礼次郎殿を、由紀殿はどう思っているのだろうか」

訊いてはいけないことだったが、久成は思いきって口に出した。

「卑怯です」

即座に答えが返ってきた。

確かに卑怯には違いなかった。

しかし、それも仕方のないことのように思えた。世の中、仕方のないことばかりだった。そして礼次郎は、卑怯という罵声の言葉を受けてもいいほどに、由紀に惚れている。そういうことなのだ。

このとき久成の胸の奥に、赤黒い火がついた。これは嫉妬だ。久成は礼次郎に嫉妬していた。夫という立場にいる、礼次郎に。久成は恋を知って切なさを知り、心の痛さと嫉妬のやるせなさを知った。苦しかった。

「どうかしましたか、村橋さん」

由紀が不審げな面持ちで、久成を見ていた。

「いや、何でもなかとです」

首を小さく振る久成に、

「こういうときは、飲むのがいちばん」

形のいい唇がいった。

唇は酒で濡《ぬ》れていた。

あの唇が欲しいと久成は思った。

が、そんなことができるはずがなかった。

「そうですね。飲みましょう」

久成は由紀の手にした盃に酒を満たした。由紀はそれを一気に飲んだ。盃を久成に返し、銚子を手にして由紀は酒をつぐ。

久成は手にした盃をゆっくりと回した。

由紀の口のつけた箇所を正面にした。

その様子を由紀が凝視していた。

久成は由紀の飲んだ箇所に口をつけ、ゆっくりと酒を喉の奥に流しこんだ。由紀の唇の味がした。

「いやらしい」

と由紀はいって、ふわっと笑った。

久成は由紀の手にした盃に酒をつぐ。

酒の入った盃を、今度は由紀がくるりと回した。久成と同じようにして喉の奥に流しこんだ。

久成は、由紀のその行為だけで嬉しかった。

「子供みたい」

呟くようにいって由紀が久成を見た。

目が合った。

突然、羞恥《しゅうち》が体をつつんだ。

二人は同時に視線を逸《そ》らした。

それからは、いつもの酒盛りになった。

何人かの客が帰っていき、その度に戸口まで由紀は見送り、残りの客は二人だけになった。

「あの二人のお客さんが帰ったら、礼次郎殿は店のなかに入ってくるはずです」

強い調子で由紀はいい、

「ビールの建物は、順調ですか」

と、話題をがらりと変えてきた。

久成がお偉いさんの視察のために、工期が五日間、縮まった話をすると、

「迷惑を受けるのは、いつも下の者ばかり」

話を聞き終えた由紀はこんなことをいってから、盃に残っていた酒を口にした。

「奥方様は、どうしていますか」

唐突に久成の妻のことを訊いた。

「妻ですか……」

久成は遠くを見るような目をして、

「実家に帰ってしまってからは音信不通で、別居状態というか離縁状態というか。もう何年も会っていないので正直なところ、よくわかりませんけん」

正直に答えた。

「そう……」

由紀はそのまま黙りこんで視線を落し、卓子の上に置かれた盃のなかを凝視するように見ていた。

最後の二人の客が立ちあがった。

すぐに由紀も立ちあがり、勘定をもらって戸口まで二人につきそって送り出す。

「またきて、くなんしょねえ」

去っていく客に向かって、由紀が大声で叫ぶと、

「またくるからなあ、負けるんじゃねえべ」

こんな声が谺《こだま》のように返ってきた。

「ここにくるお客さんたちは、上からの命令で迷惑をかけられる人ばっかり」

席に戻った由紀が、ぼそっといった。

そのとき腰高障子が開いた。
礼次郎がのそりと入ってきた。
久成は勘定を卓子の上に置き、ゆっくりとした動きで立ちあがる。
入口脇に立つ礼次郎に、そっと頭を下げて障子戸を開けた。

八　いくつかの対立

醸造所の建設工事は朝早くから陽が沈むまで、暗くなって周りが見えなくなるまでつづけられた。頭の下がる思いだった。

「迷惑を受けるのは、いつも下の者ばかり」

といった由紀の言葉が思い出される。

そして、その下の者のなかには、自分も入るのだろうかとふと思う。

久成は工事現場を丁寧に見まわって、夕方近くに本庁に戻った。

倉庫のほうに顔を出すと、ちょうど清兵衛がきていて機材の点検をしていた。久成は手招きで清兵衛を呼び、二人して隅の椅子に腰をおろす。

「機材の集まり具合と調子は、どんなもんたいね、清兵衛どん」

と訊いてみると、

「続々と集まりつつありますので、そちらのほうは大丈夫かと思いますが、追加のホップのほうがまだ」

清兵衛の話では、もうそろそろ届いてもいいはずのドイツ産のホップの到着がまだだという。

とたんに久成の胸が不安に襲われる。

「それは大丈夫なのか。念には念を入れて、別口で発注をかけたほうが、いいのではないか」

たたみかけるように清兵衛にいう。

「大丈夫ですよ。遅れているといっても少しのことでございますから。おいおい届くとは思いますので」

いってから久成をじろりと見て、

「私の首筋に短刀をつきつけた村橋様にしたら、少うし肝っ玉が小さいようにも思えますが」

どうやら清兵衛は、あのときのことをまだ根に持っているようだが、あれだけの恐怖を味わったのだから無理がないともいえる。しかしこの男、けっこう粘着質な性格の持主のようである。

「ところで醸造所の工事現場はどうたい。あの建物の感想を聞かせてもらいたいけんどが。ビール造りの職人としての清兵衛どんの忌憚《きたん》のない意見をの」

ほんの少しだったが、清兵衛の顔に困惑の表情が浮ぶのがわかった。

「何だ。何か不備な点があるのなら、教えてくれ。今ならまだ、大抵のことは間に合うけんに。どこがおかしいのだ」

大声をあげる久成に、

「いや、そういうことじゃございません」

低い声で清兵衛はいい、

「実は私、醸造所の工事現場へは、まだ一度も行ったことがございませんので、それでちょっと困った顔を。ただ、それだけでございますので御心配なく」

驚くようなことを清兵衛はいった。

ビール職人である清兵衛が、一度も醸造所の工事現場には行ったことがないとは。久成は一瞬耳を疑ったが、清兵衛は確かにそういった。

「一度も行ったことがないというのは、どういうことなのか。行く暇がないのか、見るほどの物でもないのか、それとも、ひょっとして場所がわからないのか」

久成はさすがに語気を強くして、清兵衛に質《ただ》した。

「有体《ありてい》に申しますと、関心がないからでございます。私の関心があるのは外側より内側。つまり、実際に大麦とホップと酵母を使ってビールをつくりあげる機械だけでございます。外側などは、いちおうの体裁さえ整っていれば、それで充分。そう思っているからでございます」

清兵衛の答えに、久成は胸の奥で唸り声をあげた。

確かに清兵衛のいうことにも一理はある。一理はあるがビール造りの関係者として、どんな醸造所が建つのか一度ぐらいは見ておきたいと思うのが人情……。

この男もやはり変っている。そう考えてみて、変っていなくては日本で初めてのビール造りなど完遂できないのかもしれないと、ふと思う。むろん、これは自分を含めての話だ。

「ご心配なきように、村橋様――」

強い口調で清兵衛がいった。

「私は俗な人間でございますが、ビール造りだけは別。うまいビールをつくるためなら、それこそ寝食も忘れて取りくむ人間でございます。つまり、ビール造りは私にとって生涯をかけての仕事。命がけの仕事でございます。普段の私の態度には、お気に障ることもございましょうが、そこは目をつぶっていただいて、ビール造りの私だけを見てほしいと思います」

久成の心中を見透かしたようなことをいった。

頼もしい言葉にも聞こえたが、やはり、かなり癖のある男でもある。しかし、この男がここまでいうのなら……。

そんなことを考えていて、そろそろ、あの短刀の効果も薄らいできているのではと、久成は思う。何にしても、しばらくは静観。どうやら、それがいちばんのようだ。

「とにかく、これからは清兵衛どんが主役たい。それを肝に銘じてよろしく頼む」

持ちあげるようなことをいってから、清兵衛の肩をどんと叩いて、じろりと睨んだ。

「なら、よろしくな、清兵衛どん」

あっさりと、その場を離れた。


夕方になって堀田が、久成の部屋にやってきた。

「村橋さん、肉が恋しくなりませんか」

突然こんなことをいって久成の顔をじっと見た。

「北海道は海の幸の宝庫。とはいっても、毎日魚介類では体のほうが悲鳴をあげます。そこで、とっておきの店を見つけてきたんですが、いかがですか」

にやっと笑った。

「とっておきの店とは、肉を食わせる店ですか、それを見つけてきたと」

思わず久成は身を乗り出す。

実をいえば久成も堀田同様、食べ物に対して飽きがきているのは確かだった。いくらおいしい物でも毎日それがつづくとなると――人間とは勝手なものである。

「『志茂田』の牛鍋とはいきませんが、そこそこ、の味は出せる店です。といっても、鍋ではなく、焼いた肉ですけれども」

「焼いた肉、けっこう。肉であれば何でもけっこう。ぜひ相伴したいもの。で、いつ行くたいね」

身を乗り出したままいう久成に、

「今夜にでも行こうと思っていますが、村橋さんの都合はいかがですか」

嬉しそうに堀田はいった。

「行こう、行こう、今夜行こう」

はしゃいだ声を久成はあげた。

「じゃあ、役所の退出時に迎えにきます」

そういって堀田は戻っていった。

半刻後――。

久成は堀田に連れられて『貴北楼』の見える通りにいた。由紀のいる『いろは』はつい目と鼻の先だ。

「店はまだ、先ですかいね」

恐る恐る口に出すと、

「あの娼館の裏手にあります」

堀田の言葉に、久成の心は幾分収まる。少なくとも『いろは』の通りではない。

堀田が久成を連れこんだのは『えぞや』という看板をあげた、これも古くて小さな店だった。

薄暗い店のなかに入ると、むっとした温気が顔に押しよせた。獣肉の匂いのまじった暖かな空気だ。濃厚だった。

二人は奥の席に座りこみ、ほっと息をはく。

「牛肉、豚肉、鹿肉――何にしますか、村橋さん」

「ほう、いろんな物があるんですね。なら、とにかく無難にここは豚肉で」

豚肉は鹿児島の味だった。

「牛ではなく豚ですね」

堀田は念を押してから調理場のほうに行き、肉と酒を注文する。

しばらくすると小女の手で大ぶりの徳利に入った酒と盃が運ばれてきて、二人はそれで乾杯する。

「どうですか、醸造所の五日間短縮の件は」

と堀田が訊いてきた。

自称とはいっても堀田は黒田の子分なのだ。今いちばんの関心事は、この件に違いない。

「大丈夫だと思いますよ。上からの無理な要求に、みんなは真摯に応えてくれています。

昼夜兼行、それこそ寝る間も惜しんで働いてくれてますけん、まったく頭が下がります」

正直なところを話した。

「それはよかった。それなら長官も胸をなでおろすことでしょう。いや、助かります」

どうやら催促の電信でもきたらしい。黒田のお守も大変である。

そんなところへ大皿に盛られた豚肉がやってきた。油を敷いた鉄板で焼いたものらしく、表面がてらてらと光っている。

「これを、こっちのタレにつけて食べます。タレは醤油《しょうゆ》に大蒜《にんにく》を混ぜたものです」

と傍らに置かれた小皿を指で差した。

早速、焼けた豚肉をタレに浸して食べてみる。うまかった。口中に豚の脂が染み渡り、癖のあるタレが、その味を更に増幅させて久成は目を細めた。

「うまい。これなら毎日でもいけそうだ。鹿児島の豚の味とは違いますけんど」

久成が目を輝かせていうと、

「毎日はやめてください。胃の腑がもたれて腹をこわします」

堀田が笑いながらいった。

二人はしばらく、食べることと飲むことに専念した。

皿の肉が一段落したところで、

「村橋さん、あの女はやめたほうがいいかもしれない」

ふいに堀田が口を開いた。

久成は最初、何をいわれたかわからなかったが少しして「あっ」と声をあげた。

「あの女自身は、ちょっと変ってはいるけれどいいんです。問題は亭主のほうです。へたをすると、あの男に久成さん斬られますよ」

物騒なことをいうが久成は何も答えられない。呆然として堀田の顔を見つめつづける。

「堀田さん、あんた、あの店のこつを」

ようやく声が出た。

「知ってますよ。村橋さんが行ってないときに何度か足を運んで、酒を飲んでいます。最初は村橋さんの後をつけたんですけどね」

びっくりすることを堀田はいった。

「おいの後をって、なぜ」

喉に引っかかった声を出した。

「私は村橋さんのお目付役ってことを忘れたんですか。どこに行っても村橋さんの行動は把握しておく。それが私の仕事です。さらにいえば、もし村橋さんがどこかで命を落そうものなら、私は黒田長官に大目玉をくらいます。生かさず殺さず。これが村橋さんに対する長官の考え方ですから」

堀田は正直なところを、久成に語った。

憎めない人間なのだ、この男は。

「そういうこつだったんですね。いや、よくわかりました。堀田さんがおいの目付役なら、それも仕方のないこつ。じゃけん、あの人だけは」

久成も正直なところを堀田に明かした。

「今もいったように、あの人はいいのです。問題はご亭主の村瀬礼次郎殿——あの男が厄介なのです」

堀田は、由紀の亭主の名前まで知っていた。この分でいくと大抵のことは……やはりこの男、徒者《ただもの》ではない。

「実は私、先夜の礼次郎殿とならず者の争いを陰から見ていました」

もう何をいわれても久成は驚かない。

「あの腕は非凡です。とても並の人間がたちうちできる腕ではありません。いや、強いのはいいのです。問題は、あのご亭主が切羽つまっていることです。何かの弾みで、いつ刀を抜くかわかったものではありません」

堀田のいう通りだった。礼次郎は切羽つまっている、いつそれが爆発するのか……。

「もし村橋さんが、頻繁にあの店を訪れることになれば」

ここで堀田は言葉を切った。

「爆発しますか、礼次郎殿は」

「します。そして、あの男は由紀さんの心が村橋さんに傾いているのを知っています。こうなってくるといずれというか、近々」

「おいは斬られますか」

ぼそっといった。

「斬られます、確実に」

きっぱりと断定する堀田に、

「わかりました。ではやめますとはいえないので、顔を見せる頻度を減らすこつにします。ビールができあがるまでは、おいも死ぬことはできませんけん」

これも久成の本音だった。

「わかっていただいて、ほっとしました。私は黒田長官も好きですが、村橋さんも好きなんです。ですから、村橋さんにはまだまだ長生きしてほしいと思っています。これは嘘偽りのない私の本当の思いです」

堀田は大きな吐息をもらした。

「わかっています、堀田さんの思いは。ありがとうございます、こんなおいのために」

久成は深々と頭を下げ、

「じゃあ、乾杯しましょう。何のためになのかは、よくわかりませんが」

二人は互いの盃に酒をついで乾杯した。

「乾杯ついでといっては何ですが、私、村橋さんにひとつだけ、お訊きしたいことがあるんですが」

「はい」と短く答える久成に、

「村橋さんはなぜ、二年の留学を断念して一年で帰ってきたのか。そのあたりが私は知りたくて」

じっと久成の顔を見た。

そう。久成は二年の留学を一年で打ち切って日本に帰ってきた。その理由を久成はほとんど誰にも語ってこなかったが、堀田なら……。

「キリスト教です。キリスト教の正義と慈愛の精神。おいはあれに感銘を受けました」

一気にいった。

「キリスト教ですか、なるほど」

どうやら堀田はキリスト教を知っているようである。

「そして、ヨーロッパの自由な精神。この三つが、おいの心を大きく占領しようとしていたのです。じゃけんどが、主君のためにならら命をもすてる——おいたちはこうした教育をずっと受けてきました。そんななかで育ったおいにとって、愛と正義と自由という観念は途方もなく斬新で魅力のあるものでした。このまま行けばおいは、ヨーロッパに骨を埋《うず》めるこつになるのでは――こんな怖れさえ出てきました。おいはどうしたらいいのかわからなくなり、浮浪者のようにロンドンの街をさまよったこつもありました。そしていっそ……」

久成は堀田の顔を見た。

「いいです。そのへんで、もういいです。村橋さんの気持はよくわかりました。それ以上はもういいです」

堀田は慌てて手を振った。

「無理なことを訊いて、申しわけありません。さあ、食べて飲みましょう。久々の豚肉です。これを味わわない手はありません。豚肉は我々の故里、鹿児島の味ですから」

堀田は両手をぱんぱん叩いて、豚肉の追加を頼んだ。


ビールと葡萄酒の醸造所、そして製糸工場の三つは視察団のくる二日前に何とか完成した。

すぐに機械の搬入と設置が行われ、体裁だけはみごとにできあがった。松本大判官を始め、開拓使本庁の役員たちは一様に安堵の表情を浮べていたが、いちばんほっとしたのは久成だった。視察団のことなどどうでもよかったが、久成はとにかく理由なしに醸造所の完成を願っていた。一日でも二日でも早い完成は、それだけビール造りに早く着手できるということだった。

視察団一行を迎えた日、ほんのちょっとのことだが事件がおきた。

ビール醸造所の前で、久成たち関係者がずらりと並んで視察団を迎えたときのことだ。到着した視察団の代表として太政大臣の三条実美が挨拶に立ち、つづいて松本大判官が歓迎の言葉を述べた。

このとき松本はずらりと並んだ久成たち関係者を差して、

「こん者たちのおかげで、無事落成のときを迎えることができました」

と一人一人の名前を読みあげた。

さらにつづいて、

「こんなかのいちばんの功労者が、中川清兵衛殿であります。中川殿こそ、日本のビール醸造の真の功労者、ドイツでビール修業をなしてきた中川殿がいなければ、今日のこん日も、そして、日本のビールの未来もないのであります」

こう演説してから視察団の許へ清兵衛を呼びよせ、一人一人に紹介してまわった。清兵衛はいかにも得意げに、お偉方たちと握手をしていた。が、このあと最後まで責任者である久成は名前を呼ばれることもなく、みんなと一緒に立ちつづけるだけだった。

これが松本個人の遺恨なのか、それとも黒田が関与しているのかはわからなかったが、いずれにしても愉快なことではなかった。が、久成にしてみたら、ささいな出来事であって、どっちでもいいこと。この手のことに久成は慣れていた。

視察団が帰ったあとも機械の搬入や諸設備の据えつけはつづき、すべてが完全に整ったのは九月の初めだった。

東京官園から海路を渡り、最初の大麦が「札幌麦酒醸造所」へ運ばれたのは九月の二十日。いよいよビール造りの始まりだった。

ここからは清兵衛の仕事だった。

醸造は冷水を張った桶《おけ》に大麦を入れ、この水を朝夕の二回取り換えて発酵を待ち、これから酒になるまでに八十日間ほどが必要とされた。

最初の仕込みが始まった。

醸造が順調に推移すれば、久成はいったん東京に戻るつもりだった。

ビールは高価な酒だった。人口の少ない北海道では、とてもこの高価な酒を捌くのは不可能だった。販路はやはり、東京と横浜、それしかなかった。そのためには運送、貯蔵、販売の経路を確立しなければならない。それが久成にとっての最後の仕事といえた。

そして久成にはこのころ、大きな悩みごとが三つあった。

一つは征韓論に破れて鹿児島にこもり、私塾を開いた西郷の許に、全国から職にあぶれた士族たちが続々と集結していることだった。政府に対する不満分子が西郷を担げば──新政府がいちばん怖れているのがこれだった。そしてその可能性は日増しに大きくなりつつあった。

札幌本庁内でも鹿児島出身の者が集まれば、この話題ばかりだった。もし西郷と新政府が衝突したらこの国は。先の見えない怯えが札幌本庁、いや日本中に充満していた。

二つ目が――。

官宅払下げ問題である。

黒田が太政官に提出していた官宅払下げが裁可され、札幌市街に建設された数々の官宅や土地が居住している官員等に安価で下げ渡されることが可能になった。しかも長期の分割払いも黙認……これで官員たちは色めきだった。

一例を出せば洋造大主邸、二階建西洋商館、それに和風官邸など数多くの豪華な建物と土地がその対象となった。札幌はこの後、大きな発展を見せる町であることは誰の目にも明らかだった。つまり、投資として手に入れておけば、近い将来莫大な利益が転がりこんでくることになるのだ。

たとえば中判官だった榎本武揚は対雁《ついしかり》というところに五万坪、五等出仕の大鳥圭介《おおとりけいすけ》も同じ場所に十一万坪の土地を取得していた。

官から民へ――これは新政府の大方針で久成も賛成だったが、この払下げはどう考えても民とはいえなかった。どこかが間違っている。何かの欲が動いている……久成は、この手の話が大嫌いだった。

三つ目は、由紀のことだった。

堀田にいわれてから久成は由紀の店に行く頻度を抑えているのだが、たまに顔を見せる久成にも由紀が以前とは変ってきているのがわかった。

由紀はいわば高級娼婦だった。客が訪れても気にいらない場合はさっさと断った。だから礼次郎との間も何とか均衡を保っていたといえるが、それが変った。由紀はやってくる客をほとんど断らなくなった。このまま行けばどうなるのか。

「いい機会だから、あの女は諦めたほうが」

と堀田はいうが、それでも久成は由紀が好きだった。諦めることはできなかった。

由紀の件を何とかしてから、久成は東京へ発ちたかった。

十月になって、清兵衛の顔色が優れないのに久成は気がついた。

「発酵がうまくいっていません」

訳を訊くと、こんな答えが返ってきた。

「理由は、いったい」

叫ぶように久成はいった。

「天候不順、それしか考えられません」

北海道は十月に入って、長雨がつづいていた。

冬を思わせる冷たい雨だった。

「ということは、打つ手のほうは」

「申しわけございません。残念ながら、打つ手は何も」

さすがの清兵衛も落ちこんでいた。久成に向かって頭を下げ、上げようとしなかった。

久成はイライラと考える。

ビール職人の清兵衛が打つ手がないという以上、事実はそういうことなのだ。しかし、それでは困る。たとえ打つ手がないといっても。このとき久成の胸に奇策が浮んだ。突拍子もない策だったがやらないよりは。

「清兵衛どん、あれをやろう。清兵衛どんが以前いっていた、木槌と太鼓と笛――効果はないかもしれんけんが、しないよりはましだ」

久成は清兵衛の肩を両手で揺すった。

「あれを……」

清兵衛は一瞬絶句してから、

「そうでございますね。どんなことでもやらないよりはまし。実はあの方法は、ドイツのビール職人の間では伝説のようなもの。今まで私も一度も行ったことはありません。しかし、やりましょう、村橋様」

久成の指示で、できる限りの鳴り物が醸造所に集められた。鉦《かね》や太鼓を始め、音楽の授業で使うトライアングルやシンバル。呼子や横笛の類までが大集合した。むろん、主役となる木槌もだ。

醸造所の関係者、二十人ほどが大麦の入った樽を囲み、それぞれの打物と木槌を手にして構えた。

「くれぐれも優しく、相手は生き物ですから、大きな音を立てればいいということではございませんので」

清兵衛の合図で音が鳴り響いた。

木槌で桶が叩かれた。

時間を分けて、これが何度も繰り返された。

そして一日が終ったが、発酵状態に変化は見られなかった。

「村橋さん、いったいこれを何日つづけるつもりですか」

床に座りこんだ堀田が、うんざりした口調でいった。堀田の担当はトライアングルだった。顔中が汗だらけだった。

次の日も醸造所のなかには、カンカン、チンチンという音が鳴り響いた。

誰から話を聞いたのか、松本大判官もやってきた。

「村橋さ、これはいったい、何をやっとるだべ」

呆然とした表情で訊いた。

「これは酵母を蘇らせる儀式であります、大判官」

真面目な口調で久成は答える。

久成の顔と体も汗だらけの状態だ。

「しかし、こんな鉦やら太鼓を鳴らしたとしても、相手は仏様じゃないんじゃさけ」

うろたえた様子の松本に、

「すべては清兵衛どんの指示ですけん」

といって久成は隣で太鼓を手にしている清兵衛をうながした。

「これはドイツビールに昔より伝わる伝説の技でございます。決して神様仏様のためにやっているものではありません。みんながこうして一丸となって鳴り物を打ちつづければ必ずや」

清兵衛の顔には悲壮感さえ漂っていた。

いつもは慇懃《いんぎん》無礼な清兵衛も、さっきまで必死になって太鼓を叩いていた。

「まあ、清兵衛殿がそういうんなら、ご利益のほうもあるんじゃろうな。わしには、ようわからんさけがのう」

松本は頭を振り振り戻っていった。

二日目も酵母に変化はなかった。

さすがにみんなの顔にも疲労感が、張りついてきている。これ以上やっても効果はないかもしれない。やはりこれは、単なるいい伝え――。

「よし、明日一日やって何も効果が出なかったら、やめることにしようたい。残念なことだけんど仕方がない」

久成はみんなに、こう宣言した。

「明日やって駄目なら、どうするつもりですか」

耳許で堀田がいった。

「清兵衛どんが打つ手なしといってるんじゃけん、そういうことでしょう。あとは本物の神頼み、それしかありませんね」

低い声で久成は答えた。

三日目の朝になった。

「気を引きしめて、酵母にお願いするつもりでやってみよう」

久成の開始の言葉で醸造所内はまた、チンチンカンカンの音につつまれ、その合間に木槌の音が響き渡る。

夜になってもこの音は鎮まらず、夜中近くまでつづいていた。

が、酵母の状態は変らなかった。

「みんな、ご苦労さん。こういう結果になってしまったけんが、おいたちはやるだけのこつはやった。残念じゃけんど、この作戦はこれで終りということにしよう」

久成の言葉で、集まった関係者たちは帰路についた。久成は小太鼓を叩いていたが、右腕がぱんぱんに張って動かすと関節に激痛が走った。疲労困憊《こんぱい》の状態だった。

が、変事は翌朝おこった。

清兵衛が久成のところへ飛んできた。

「村橋様、酵母が活発に、活発になりました」

この一言で久成の疲れは吹きとんだ。

「やはり、あれは単なる伝説ではなく、先人からの大いなる知恵でございました」

清兵衛はそういって、自分の持場に帰っていった。

「先人の知恵！」

久成は呟くようにいってから窓を通して空を見た。久しぶりの青空が広がっていた。ひょっとしたら、あの青空のせいかもしれないと考えて、いやいや、やはり木槌と太鼓のせいだ。先人の知恵だ。素直に、そう思うことにした。


久成の許に帰京命令が届いた。

十一月末までに帰れということだった。

どのみち、東京に帰ってビールの輸送、貯蔵、それに販売の経路も何とかしなければと思っていた矢先だった。帰るのはいいのだが、命令というのが少し引っかかった。もしこれが黒田の差し金なら、二度と北海道の地は踏めなくなる恐れがあった。それだけが気にかかったが、そのときは……。

いずれにしても、東京に帰るまでに由紀に逢わなければと久成は思う。逢ってどうなるものかはわからなかったが、とにかく由紀に逢いたかった。東京へは、それから旅立つのだ。おそらく、堀田との二人旅になるのだろうが。

久成が由紀のいる店へ顔を出したのは、東京に発つ前日だった。

あの、裸体事件がおきたのも、東京に発つ前日だった。験《げん》を担ぐわけではないが、何かいいことがおこりそうな気がした。この夜、久成は由紀に対して、ひとつの決心を持っていた。それが吉と出るか凶と出るか。

店の前に行き、闇を透かして見ると、辺りの軒下に礼次郎の姿はなかった。

まだきていないのか。それともくるつもりがないのか。

腰高障子を開けて、なかに入ると何となく雰囲気が変だった。

「いらっしゃい」

いつものように由紀の声が聞こえ、酒と肴を盆の上にのせてやってきた。手際よく卓子の上に並べて銚子をつかんだ。つがれるまま盃で受け、久成はそれを飲む。

一息ついて周囲を見回すと、客の数は二人だけ。少なすぎる。雰囲気が変だったのはこのせいだ。原因はわからないが。

「いやに客の数が少ないが」

卓子に戻した盃に酒をつぎながら、単刀直入に由紀に訊く。

「さっきまではけっこういたんだけど、もうすぐアノ客がくるから。アノ客がくるときは化粧もいつもよりは濃いし、みんな雰囲気で大体わかるようで。それで、私のそんなときなんか、みんな見たくないみたいで」

けだるそうに由紀はいった。

「客を取る数が多すぎるから。みんなはそんな由紀殿の顔を見たくないけんに。なんで急に客の数を増やしたりしたんかいね」

咎めるようにいうと、

「何もかもが面白くないから。村橋さんも礼次郎殿も今の生活も」

投げやりな口調で答えた。

「その礼次郎殿だが、うまくいっているのかいね。今夜は表に姿はないようだったけんど」

怪訝な思いで訊いた。

「近頃はほとんど口も利かないから、あの人のことはわからない。店にも姿を現したり、現さなかったり。今夜も多分、こないんじゃないですか」

「それは由紀殿の客を取る数が多くなったのが理由でしょう。以前のように時々だったら、礼次郎さんも臍は曲げないと思うけんが」

噛んで含めるようにいう。

「少なかろうが多かろうが、あの人は駄目。私が他の男に抱かれるのが、まず嫌なんだから。だけど客を引かなきゃ、食べていけないことも確かなこと。だったら私はどうすればいいんですか。どうすれば」

由紀が叫ぶようにいったとき、残っていた二人の客が腰をあげた。

「由紀さん、わしらもそろそろ帰るかん」

おどおどした声をあげた。

由紀も立ちあがって、二人を戸口に送る。

「わしらが、こんなことというのも何だけど。もう少し自分の体を大切にしたほうがいいべ。荒れた由紀さんを見とるのは、わしらも辛いかん」

それだけいって、男たちは出ていった。

「わしらも見るのは辛いか――見るだけは、只の女なのにね」

呟くようにいって久成の前に座りこむ。卓子の上の盃を手にして、由紀は一気に飲んだ。

「村橋さん、私を抱いてみる」

前回東京へ帰る前と同じことを由紀はいった。だが、あのときの心の昂りは今日はない。由紀が嫌いになったわけではなかった。久成は今でも由紀に惚れていた。惚れてはいたが、今の由紀は好きではなかった。

「ねえ、私を抱いてよ。村橋さんなら安くしとくから」

艶《なま》めいた声を出した。

「もうすぐ、お客がくるんじゃなかですか」

「あんなもの、断ればいいから。ねえ、村橋さん」

なおも由紀は久成に迫った。

「おいの性格からいって、人の妻を抱くことはできもはん。これは誰が何といっても崩せない、信条ですけん」

はっきりといった。

「何よそれ。村橋さんも、けっこうつまんない人なんですねえ」

そのとき障子戸が音を立てて開いた。

商人体の中肉中背の男だ。これが今夜の由紀の相手だ。鬢《びん》に白髪が混じっている。

「お待たせしましたね。よろしくお願いしますよ、由紀さん」

男の声に由紀はゆっくりと立ちあがる。

「それならね、つまんない村橋さん」

由紀が男のほうに寄っていこうとしたとき、久成がふいに立ちあがった。早足で由紀と男の間に入った。

「悪いが、帰ってくれないか。由紀殿は今夜は、おいの貸切ですけん」

腹の底に響く声を出した。

「えっ、帰れってそんなこと。そりゃあ、ちょっと無茶が過ぎるんじゃないですか、あなた」

おろおろ声をあげる男に、

「帰らないと、痛い目にあうことになりますけんが」

精一杯、ドスの利いた声を出した。

「帰りますよ。帰ればいいんでしょうが。何だい、この男はまったく」

じろりと久成の顔を見てから男はさっと背中を見せ、障子戸を開けて外に消えた。

「村橋さん、あなた？」

掠れた声を由紀が出した。

「いったい、どういうつもりなの。あんな勝手なことをして」

疳高《かんだか》い声をあげた。

「由紀殿は人の妻じゃけん、抱くこつはできんが、おいの妻にすれば大いばりで抱くことはできるけん」

怒鳴るような声でいって、久成は大きく深呼吸をした。

由紀に対する一大決心はこれだった。

久成は今夜、由紀に求婚するためにこの店にやってきたのだ。

「おいの妻って。村橋さん、私と一緒になるつもりなの。私は娼婦ですよ、汚れきった女ですよ。そんな私を、村橋さんは奥方にしてくれるんですか」

由紀が叫んだ。

「汚れていようが何であろうが、おいは由紀殿が大好きじゃやけん。おいの妻にして、幸せになってもらいたいと思うちょります。これはおいの本心で決して嘘偽りなんかじゃなか、おいは由紀殿と添いとげたいと思うちょるけん」

久成が由紀に近づいた。

「村橋さん……」

由紀が湿った声をあげた。

「本当に本当、本当に嘘じゃないの」

「おいは嘘は嫌いですけん。そんなこつ、ずっとおいを見てたらわかるでしょう」

由紀の顔がくしゃっと崩れた。

切れ長の目から大粒の涙が溢れた。

次から次へと溢れ出た。

由紀が久成の体にしがみついた。

肩を震わせて泣き出した。

「由紀殿……」

久成の言葉に由紀が顔をあげた。涙を流す由紀の顔は綺麗だった。荒れた由紀はそこにはいなかった。じっと久成の顔を見上げていた。欲しかった唇がすぐ前にあった。

そっと自分の唇を近づけた。柔らかな唇だった。涙の味がした。

「残念ながら、由紀殿を抱くのは祝言をあげてから。おいの妻になってからでないと抱くこつはできもはん。早くおいの妻になって」

言葉がほとばしり出た。

「嬉しい……」

由紀がまた、久成にしがみついた。

そのとき、障子戸が音を立てて開いた。

「誰が誰の妻に、なるというのだ」

怒気を含んだ男の声が聞こえた。

礼次郎が闇を背にして立っていた。

「やはり、あのおり、斬っておけばよかったの、村橋久成殿」

怒気は含んでいたが、静かな声に聞こえた。

「由紀——お前も大した女子だの。俺をすてて、この男の妻になるとはの。いっておくが、お前はまだ俺の妻であることを忘れるな。そして、俺は金輪際、お前を離縁することはない。そういうことだ」

礼次郎は視線を久成に向けた。

「さて、間男殿。妻を寝取った男として、この場で成敗してくれるゆえ、表に出てもらおう。むろん、手向かいはご随意。いや、そのほうが斬りがいがあるというもの」

低い声でいって、礼次郎はすっと退がって表に出た。

「村橋さん——」

由紀が切羽つまった声をあげた。

「大丈夫です、何とかなります。きっと何とかなるはずですけん」

何の根拠もない言葉を並べて、久成も表にゆっくり出る。

「いい覚悟だの、村橋殿。ところでお主、得物がないの。どれ、拙者の脇差を貸して進ぜようかの。それを手にして精一杯かかってくるがいい」

腰の脇差に手をかけようとする礼次郎に、

「得物は持っておる。心配ご無用」

久成は懐から正国の短刀を取り出した。

「ほう、これは、用意のいいことでござるな」

礼次郎は腰の剣を一気に抜いた。

「かかってこられよ、間男殿」

刀を青眼に構える礼次郎に、

「これは礼次郎殿を打つ刀に非《あら》ず、これは」

といったところで傍らの闇が揺れた。

「それは困ります、村橋さん」

聞き慣れた声が耳を打った。

闇を透かすと男が一人立っていた。堀田だ。やっぱりやってきていた。しかも堀田は左手に剣を提げていた。

「そんな物で自決されたら、私の立場はなくなって大目玉をくらいます。ゆえに」

堀田は礼次郎のほうに向き直り、

「私が村橋さんの代理人として、あなたと剣を交えようと思いますが、いかが」

押し殺した声でいった。

「承知――どのみち、お主を斬ったあとに、その男の息の根は止めるつもりゆえ」

礼次郎の言葉に、堀田は手にしていた剣をすらりと抜いて鞘《さや》を脇に放り投げる。

「堀田さん、無謀たい。その男は強すぎる。おいのために、むざむざ命をすてるこつはないですけん。おいが死ねば、それですむこつですけん」

久成が叫んだ。

「村橋さんのために命をすてなければ、誰のために命をすてるというんです。私は村橋さんの用心棒ですよ」

ずいと前に出た。

礼次郎は青眼、示現流の堀田は剣を額脇に立てて構える大上段。蜻蛉《とんぼ》の構えだ。

「参る——」

堀田は低く叫び、すり足を進めて一気に間合をつめた。そして更に進む。一撃必殺の一太刀の打ちだ。

礼次郎のほうは、その剣を受けるつもりらしく微動だにしない。受けた刀はすぐに反転して、堀田の体を斬り裂く……。

示現流独特の奇声が響いた。

堀田の剣が大上段から礼次郎の脳天に向かって飛んだ。礼次郎の剣がそれを受けた。異様な音が響いた。礼次郎の剣は鍔元《つばもと》七寸ほどのところで折れ、闇のなかに舞った。すさまじい堀田の打込みだった。礼次郎はその場に片膝をついて堀田を睨みつけている。

「この男、斬りますよ。村橋さん」

堀田の剣は、すでに大上段に戻っている。

「駄目たい、そんなに簡単に人を殺しては駄目たい」

必死の思いで久成は叫んだ。

「この男がいなくなれば、村橋さんは晴れて由紀さんと一緒になることができます。それにこの男、生かしておいても何の益にもなりません。由紀さんのためにも、そしてこの男自身のためにも死んだほうが」

堀田の爪先がすっと動いたとき、何かが礼次郎の前に飛びこんだ。

「この人を斬らないで」

由紀だ。由紀が礼次郎をかばって両手を大きく広げていた。意外な展開だった。

「由紀さん。あなたはこの男と別れて村橋さんと一緒になるつもりだったんでは」

堀田の言葉に由紀は激しく首を振った。

「わかりました。村橋さん、そういうことです。女の人の本心というのはどこにあるのか、私にも見当がつかなくなりました。帰りましょう村橋さん」

残心の構えのまま堀田は後に退がり、鞘をひろいあげて剣を納めた。

久成はなかなか動けなかった。

先刻までの由紀は、いったい何だったのか。

由紀の自分に対する態度は、どう考えたらいいのか。

由紀の心の奥には、誰が棲みついていたのか。

いくら考えてもわからなかった。

「村橋さん帰りますよ。明日からは船旅ですよ」

堀田の大声に村橋はようやく歩き始めた。

疲れきった足取りだった。

由紀の泣く声が微かに耳に聞こえた。


東京に戻った久成は、まず開拓使長官の黒田に呼び出された。

場所は芝増上寺の開拓使東京出張所の接見室だった。部屋には黒田が一人でいて、座りこんでいた椅子から立ちあがって久成を迎えた。

黒田は久成に座ることをすすめ、卓子を挟んで自分も前の席に腰をおろした。

「昇介どん、ご苦労じゃった。昇介どんの活躍で札幌には無事にビールの醸造所が完成し、あとはビールのできあがりを待って、出荷を待つばかりということになった」

ここまで喋ってから、黒田は久成の様子を窺うように見た。

久成は憔悴《しょうすい》しきっていた。

原因は由紀だ。

まさか、あんな展開になろうとは。

久成は由紀のほうも自分に好意を寄せているものだと信じきっていた。堀田もそういっていたし、初対面のときから由紀は久成に優しかった。特別待遇といってもよかった。

あの一連の好意の表れは何だったのか。いくら考えてもわからなかったが、久成は今でも由紀が好きだった。

「昇介どんの気持はよくわかるたい。せっかく造ったビール醸造所に残ることができず、札幌で誕生する日本で初めてのビールの味見をすることもなく、東京出張所勤務。落ちこむのはわかるけんが、札幌醸造所が完成した今、昇介どんを真に必要としているのは、ここ東京であるこつを忘れんでほしい」

黒田は久成の落ちこみの原因は、東京へ呼び戻されたことと信じこんでいるが、その勘違いにまだ気づいていない。

だから上機嫌だ。久成に対しては、生かさず殺さず――これが黒田の大前提だった。そして今、久成は黒田の前でみごとに落ちこんだ姿を見せているのだ。黒田が上機嫌になるのも無理はなかった。

ここでようやく、久成が口を開いた。

「呼び戻していただいて感謝していますけん。ビール第一号の場には立ち合うことはできませんけんじょ、そのできあがったビールの輸送――これは船でいいとしても、貯蔵と販路という仕事が残っています。地味ではありもすが大事な仕事です。今後はこれを確立させたいと思っていますけん」

淡々とした調子で久成は語った。

話し終えた久成を、黒田が訝しげな表情で凝視する。何かがおかしい。何となくそれに気がついてきた素振りでもある。

「昇介どん」

掠れた声を黒田は出した。

「お主は北海道に、未練はないんかの」

様子をさぐるように久成を見る。

「未練がないといったら嘘になりますが、当分は北海道へは行きたくないというのも事実ですけん」

決定的な言葉を久成は出した。

「あん……」

ぽかりと黒田は口を開けた。

「あれほど好きだった北海道へ、お主は当分行きたくないというのか。それはまた、どげな理由から、そうなるんじゃろうか」

「正直なところ、疲れました。ただそれだけのことですけん」

久成の言葉に黒田はしみじみと顔を見る。

「疲れたか。なるほどのう。本庁での昇介どんへの風当たりは、けっこう強かったとも聞いちょるからの、特に松本大判官とは反りが合わんということもな。そんなこんなで、一気に疲れが出たかもしれんのう」

黒田はまた、勘違いをしている。

「そういうこつなら、ぼちぼちと。体をいたわってから仕事に励むといいけん。くれぐれも体だけは壊さんようにの。昇介どんに倒れられでもしたら、わしは頭を抱えることになるけんの。体は大事にせんとな」

最後は、いたわりの言葉になるという、黒田自身にもわけのわからない展開になった。

「それなら、おいはこの辺で失礼させてもらってもいいですか」

久成の言葉に、

「おう、もちろん、もちろん。大変なときに呼び出してすまんかったの」

黒田は首を傾げながら答える。

「ああっ、それからひとつだけ、お願いがあるのですが、聞いてもらえますか」

椅子から腰をあげながらいう久成に、「おう」と機嫌のいい声を黒田はあげる。

「いつでもいいですけん、札幌でビールが醸造されたら、一本でいいのでいただけますか。ぜひにとはいいませんけんが」

「そんなこつならお安いご用。一本ぐらいなら何とでもなるけん、必ず昇介どんの所に送らせるけんの」

鷹揚にうなずく黒田に、久成は丁寧に頭を下げる。その頭を上げたとき、どうにも腑に落ちないという黒田の顔と目が合った。

「失礼いたします」

久成は長官室を後にした。


堀田を誘って天陽院裏の『志茂田』に行ったのは、この三日後だった。いつものように熱々の肉を頬張りながら、久成はゆっくりと酒を飲む。

「体の調子のほうは、いかがですか」

頬張った肉をのみこんで堀田は訊く。

「体の調子は悪くないですけん。心の在りかたというか、心の置きどころがちょっと変っただけで、あとは順調ですけん」

久成もごくりと肉をのみこむ。

「心の在りかたと置きどころですか。やけに興味をそそられる言葉ですね。その辺りのことを、ぜひ聞かせてほしいですね」

「北海道の農業のこつも、ビール工場のこつも、そして由紀殿のこつも……これはおいの大きな夢のようなものでした」

久成の言葉に堀田は大きくうなずく。

「北海道の農業はあまりに漠然として茫洋《ぼうよう》としているけんが、ビール工場と由紀殿の件はいちおうの決着というか、結果が出ましたけん。それで満足しなければいけないんじゃないかと思うようになったんです」

淡々と久成は語る。

「それで満足ですか――」

堀田がぽつりといった。

「つまり、欲をかくと碌《ろく》なことはないということですけん。北海道の農業は、これからどんどん発展するでしょうし、ビール工場もこれから順調に稼働するでしょう。この二点においは夢を見て、そしていちおうの結果が出た。それで充分じゃないか、その上何が欲しいのか――その上は誰かがやればいいんです。誰かの夢がそれからを大きく膨ませてくれるんです。おいではなく、他の誰かでいいんです。夢の一人占めは駄目です。欲張りが過ぎますけん。どこかの誰かのために……そんなことに思い当たったのです。そう考えたら体が急に軽くなりましたよ」

面白そうに久成はいう。

「なるほど、そういうことですか。その上を望んではいけない。夢の一人占めはいけない。その上は誰かに託さないといけない――いや、いい言葉ですよ。私は村橋さんの考えに賛成しますよ」

嬉しそうにいう堀田に、

「でも、大多数の人は反対するでしょうね。夢はとことん追いかけろって。しかし、そういう人もいつかは気がつくはずですけん。この世は、自分だけが生きているわけではないってことに。沢山の人が沢山の夢を追っているということに。ただ、堀田さん」

久成はおどけた顔をして、

「おいの今いったことを必要以上に強調すると、負け犬の遠吠《とおぼ》えだっていわれますけん——まあ、人が何といおうといいんですけどね」

久成は何でもないことのようにいい、

「ああ、そうそう。由紀殿のこつをいうのを忘れていました。おいは由紀殿に逢って恋というものを知りました。そして由紀殿によって胸が躍るような嬉しさも、胸が張り裂けるような辛さも知りました。これはおいにとって新鮮で実に感動的なこつでした」

これだけいって、じっと堀田を見た。

「その由紀さんによる恩恵。それで、よしとしなければということですか。それはちょっと辛い気がしますね」

「辛いかもしれませんが、おいは何しろ、あれで恋というものを知ったという子供のような人間ですけん。だから、あれぐらいがちょうどいいかと。その上は誰かがやってくれれば」

「礼次郎さんですか」

首を振りながら堀田はいう。

「あの人が人足仕事でも何でもやって、何とか暮していけるような状況をつくり出してくれればいちばんいいんですけどね――とにかく、初恋の人と一緒になるなんて、欲が過ぎるにもほどがありますけん」

「なるほど、そういわれるとよくわかります。初恋は実らぬが肝要――初恋は男にとって大きな夢ですからね。夢はほどほどにしておくのがいちばんですね」

そういってから、堀田は思い出したように鍋の肉をつまんで口にいれた。相変らず、口をはふはふさせている。

「ですから、おいは」

久成も肉を一切れつまんで、口のなかに入れた。熱かった。堀田と同じように、口をはふはふさせて、ごくりとのみこむ。

「これからは、ぼちぼちとやっていきます。多分、人から後ろ指は差されるでしょうけんど」

そういって、久成はぱっと笑った。

「あっ」と堀田が叫び声をあげた。

「その笑い方。西郷さんに似てますよ」

嬉しそうにいった。

「おだてないでください。おいはあんな大物じゃなく、単なる変り者ですけん。ところで」

といって久成は堀田を真面目な顔で見た。

「西郷さんは、やるんでしょうか」

「やるんでしょうね。あれだけ不満士族たちが集まってくれれば、起《た》たないわけにはいかんでしょう。新政府のほうでは来年早々が危ういんじゃないかと、ぴりぴりしてますよ」

「来年早々ですか」

久成は考えこむように宙を睨み、

「死にますね、西郷さんは」

ぽつりといった。

「西郷さんが起てば、新政府は全軍、全力を投じてでも押えこみにかかるでしょう。そうなったら西郷軍に勝目はないでしょうけん」

独り言のようにいう久成に、

「西郷さんという人は、あまり、その上を望んでいなかった人かもしれませんね。望んでいたのは周囲にいた人たちだけで、西郷さん自身は」

これも独り言のように堀田はいった。

「あの気持のいい笑顔は、その証《あか》しなのかもしれません」

そういってから久成は西郷の笑顔を脳裏に浮べた。やっぱり眩しかった。

この後、久成は北海道発展のため、数々の功績を残すが、明治十四年五月、突然開拓使を辞職。みんなの前から忽然《こつぜん》と姿を消す。

その後、行方は杳《よう》として知れず……。

九　真白な死

明治二十五年——初秋。

仲仕《なかしゅ》の仕事を終えて長屋に戻った志方と久成は、卓袱台の前に座って夕飯を食べていた。

懐具合を考えて、お菜《さい》は冷奴と目刺《めざ》しの焼いたもの。それに味噌汁《みそしる》だけの質素なものだが、さすがに安酒だけは切らしていない。

「しかし、信じられんもんだなし。まさかあの二人がそんなことになっていたとはな」

志方が溜息まじりにいうと、

「三人ともやっぱり、下田組の新参者じゃったそうだが……それにしても、おかよちゃんと、あの男がのう……」

茶碗のなかの酒を飲みこんでから、久成はいう。

あの男とは数カ月前に、おかよの働く『さのや』にやってきて悪さをし、志方に痛い目にあわされた三人組の一人である。

名前は須藤新吉《すどうしんきち》、この辺りを仕切る組の三下《さんした》で前からおかよに気があったものの、なかなかそれがいい出せず、昂《こう》じる気持が裏返しとなって悪さを引きおこしたらしい。

「新吉さんは初心《うぶ》なんです。そやから、あの日も一人ではこられず、仲間と一緒に――」

おかよにいわせると、こうなるようだ。

「二人は一緒になるつもりらしいが、しかしのう。新吉は三下といってもヤクザ者……そんな男と一緒になって、はたして」

志方が宙を睨みつけると、

「おかよちゃんには幸せになってほしいという、源吾さの気持もわかるけんが、おいはヤクザ者でもいいと思うちょるよ」

意外なことを久成がいった。

「おいが真底惚れて一緒になろうと思った由紀殿は娼婦でしたけん――同じようなもんだと思うたいね」

そう、久成が惚れた由紀は体を売る身。それでも久成は一緒になろうとした。結果は意外なものになって、由紀は土壇場で夫の礼次郎の許に残ったが。

「おいがあの後、札幌にいったのは一年ほど後じゃったが、そんとき由紀殿はもう、あの店にはおらんかった。しかし、いずれどこかで、ちゃんと暮しとると、おいは思うちょるがの」

久成はこんなことをいって笑みを浮べたが、どうやら自分の境遇に重ね合せて新吉に親近感を抱いているようだ。

「じゃけんが、この先はヤクザの足をきちんと洗うてもらわんと。もう、独りじゃないけんの」

真顔に戻ってぴしゃりといった。

「おう、それそれ」

志方は思わず身を乗り出し、

「わしも、そこはそう思うとる。けんどが、いくら三下といってもヤクザはヤクザ。すんなりやめられるもんなのかどうか。阿漕《あこぎ》な組ではないはずだが、そこんところがよ」

太い腕をくんで久成を見た。

「そんときは――」

久成の顔が綻んだ。

「二人で組に乗りこもうかいね。人斬り源吾と箍《たが》の外れる男と、二人で」

「ほう」と源吾は唸り声をあげて久成を見る。

最初に会ったときから妙な男ではあったが、ここにきて、更にそれに磨きがかかってきているような。いったい何が変ってきているのか……。

「いいぞい。今まで何度も修羅場をくぐってきて、どこで命を落していても不思議ではない体。いわば、今のわしの命は余分のようなもの。行こうかなし、二人での」

志方の本音だった。戊辰の軍《いくさ》に較べれば今回のことなど……あのときは周りが死体だらけだった。足がちぎれ、腕がちぎれ、首がちぎれ、そんな死体が至るところにあった。無惨すぎた、悲惨すぎた。

「源吾さの命が余分なものなら、おいの命はお釣りのようなもの。そんなもんじゃ」

と久成が淡々とした調子でいった。

この男は時々、意味不明のことをいう。

「ひょっとしたら、これでまた、箍が外れるかもしれんしのう」

余分とお釣りの違いがわからないまま、志方は何気なく口に出した。

「そうなると、有難いんじゃが。あれからかなり、経つからのう」

笑みを浮べる久成の顔を見ながら、志方は当時の記憶を呼び戻す……。

久成の箍が最後に外れたのは、あれは確か、世にいう十四年政変の年だったはずだ。黒田清隆から札幌本庁の職をとかれ、東京に戻されたのは仕方がないとしても、西南戦争で敗北を喫した西郷が自刃したという知らせには久成も動揺したという。

死ぬとは思っていたが、いざ、それが現実になると……。

久成は西郷が好きだった。

あの生き方に憧れた。

幼いとき、下僕の代りに死のうとした西郷の顔を、久成は今でもはっきり覚えているという。そして、西郷はぱっと笑ったのだ。西郷はいわば、久成の心の拠《よ》り所だった。

その西郷が死んだ。

心の拠り所をなくした自分はどうしたらいいのかと、久成は考えた。開拓使の辞職――こんな言葉が胸に浮んだ。その瞬間には立ち会うことができなかったが、自分はとにかく日本で初のビールをつくりあげた。本望だった。後を託せる人材は、次から次へと出てくるはずだ。久成は辞職願いを書いた。

そして、そのときを待った。箍の外れるときを。しかし久成の心とは裏腹に、なかなか箍は外れてくれなかった。なぜかはわからなかったが、その兆候はまったくなかった。ようやく、その兆候を感じられるようになったのが、またもや表に出てきた開拓使所有の土地建物の払下げ疑惑だったという。

簡単にいえば、このころ急速に形を変えようとしていた開拓使の、今後に関わることだった。ここに様々な諸事情と思惑が生じた。新しく箱崎町《はこざきちょう》に赤煉瓦造りの北海道物産取扱所が設置され、いずれほとんどの機能がここに集約され、あるいは廃止されていくのは目に見えていた。

このため、今度の物件には札幌はもちろん、東京の大きな諸施設も含まれていた。以前に較べて利権の額が桁違いに大きかった。

この払下げ疑惑に、五代友厚が関与した。

五代は薩英留学生を立ちあげ、それを実現させた功労者で関西実業界の大物になっていた。このとき五代は、大阪の実業家を統合して関西貿易商会を設立、これには開拓使の幹部だった者も加わっていた節があるという。

五代は久成とも馴染みがあり、いわば一種の恩人ともいえる存在で、人格者でもあった。その五代までが、こんなことに。久成の体のなかで何かが動いていた。

箍だ。ようやく動き始めた。そして外れた。

久成は辞表を出した。すべての重荷が下りたような気がした。

関西貿易商会は開拓使所有の諸物件を、安価、無利息、月払いで取得したが、その年の国会で野党がこれを追及。黒田清隆、大隈重信《おおくましげのぶ》は辞任に追いこまれた。

この話を久成から聞いたとき、

「あの、久成さのいい相棒だった、堀田さんは、その後どうしたんかいね」

と志方は興味津々で訊いてみたが――。

「堀田要は、外交官補佐の肩書きで清国に行きました。まあ、一種の間諜《かんちょう》ですね」

久成は面白そうに笑っていた。

仕事を終えた志方と久成は、下田組の奥座敷にいた。
二人は小さな庭に面した十畳ほどの座敷に正座し、親分の利平《りへい》が現れるのを待ってい
た。二人の脇には天秤棒を二つに折った物が、刀代りに置いてある。
昨日の夕方――仕事帰りの志方と久成が『さのや』に行くと、ちょうど噂の主の新吉
がいて飯を食っていた。志方が手招きすると、
「すみません。こんなことになっちまって」
すぐにやってきて頭を下げた。おかよも一緒に横に立って頭を下げた。
「なったものは仕方がねえ。で、お主、おかよちゃんと一緒になるってことは、足を洗
うってことだろうな」
凄《すさ》まじい眼光で睨みつけた。
「もちろん、あっしはそのつもりで」
新吉の怯えた声にかぶせるように、
「そうにきまっとるやん。いくら何でも、ヤクザだけは私は嫌やからね。源さんの子分
になって、仲仕の仕事でもやればいいのよ」
おかよがまくし立ててきたが、目だけは笑っている。
「それで、その件は親分に話したのか」
「話しました。おかよちゃんと一緒になりたいいうことから、旦那にぼこぼこにされた

ことまで、全部話しました。そいで組を抜けさしてくれと親分に頼みました」

「わしのことまで、話したのか！」

驚いた口調で志方はいう。

「あっしは、根が正直やさかいに」

新吉は頭を掻きながら、ぺこぺこと下げ、

「そんなら、旦那に組まで顔を出せと」

とんでもないことを口にした。

「ほう、わしに組までこいと……親分が」

「返事は、旦那との話し合いの結果やと」

新吉の言葉に、志方が思わず久成を見ると、

「嘘から出た、まことになってしもうたな、源吾さ」

面白そうに笑っている。

「頼みます、源さん。頼みます」

おかよが両手を合せて正座をし、新吉もその場に土下座した。

これがこの騒動の発端だった。

利平が組の代貸《だいが》しらしき男と二人で、部屋に入ってきた。

「お待たせいたしやした。あっしが下田組の利平でございやす」

丁寧にいって二人の前に座りこんだ。代貸しらしき男は、その傍らに正座する。

「ところでお二人さん。その脇に置いてある頑丈な棒っきれは、何でっか」

すぐに志方が口を開いた。

「これは親分の返答次第で使わせてもらう、わしたちの得物。今夜はこれで斬り死にをしようと思っての。棒っきれで斬り死にも変じゃが、何せ刀は売ってしもうてな」

臆面もなく志方は答える。

「その棒で斬り死にでございやすか。なんとまあ、豪気なことを」

利平は呆れたようにいい、

「斬り死にはけっこうでございやす。あっしは旦那方と喧嘩をするために呼んだわけやありまへんので」

話が妙な方向にそれてきた。

「新吉はまだ、三下。盃事《さかずきごと》もかわしてはおりやせん。やめるのに咎め立てをする気は、まったくありやせんので」

「それなら、なぜ、わしをここへ」

怪訝な面持ちで訊く志方に、

「新吉から途方もなく強《つえ》え年寄りがいると聞きやして、そいで興味が湧いたんでございやす。おそらくはこの前の軍《いくさ》を戦い抜いたお侍。こんな稼業をしてますさかい、あっしは強えお人が大好きで。しかも、そのお人はうちが仕切る仲仕やということやないですか。そうなったらもう、居ても立ってても。それなら酒でもくみかわしてお話をと」

　利平は一気に喋って頭を下げ、両手をぱんぱん叩いた。すぐに若い衆の手で酒と肴の膳が運ばれてきた。どこかの料亭から取りよせたもののようだ。

「すみやせん。今夜はまじめに話が聞きとうて、内輪だけの酒の席にいたしやした。次回はぱあっと、綺麗どころのいる店で」

　利平はそういい、志方と久成に酒を勧めた。

　戊辰戦争の話になったが、人斬り源吾の話は悲惨で酷《むご》かった。志方は正直に、その酷い話を利平に語った。

「旦那、もうけっこうでございやす。辛い話をさせてしまい、申しわけありやせん」

　志方の家族――三つになる尚の話のところで、利平は目を潤ませていた。意外と涙もろい性格のようだ。

「ところで、最前から気になってたんでございやすが、そっちの静かに酒を飲んでおられる、おとなしい旦那は、いってえ」

　久成のほうを不思議そうに見た。

「この御仁は薬丸自顕流の遣い手で、最初の一太刀の打ちはわしでも捌《さば》くことは無理という――」

と志方がいったところで、利平がひょいと首を竦《すく》めるのがわかった。

「しかし、そんなことより、この御仁はいかにも数奇な運命の持主であってな」

と西郷との出逢いから薩英留学生、黒田清隆との確執までをざっと話した。利平の顔には驚きの表情が溢れている。

あの西郷さんでっか、と利平は口にして驚き、薩英留学生の話では、エゲレスですかと呆然とし、黒田清隆の名前が出るころには完全に押し黙って、久成の顔を眺めるばかりだった。

「ところが、この御仁の凄さは、これからでな」

志方は久成を、日本で最初のビールをつくった男と紹介した。

「ビールというと。あの、今、町中に出まわっている外国生まれの莫迦《ばか》高い酒でっか。それを旦那が北海道で初めて……」

素頓狂な声をあげる利平に、

「親分はビールを飲んだこつが――」

今夜初めて久成が、まともに口を利いた。

「いえいえ、値段が高すぎて、あんなものを飲んだら罰が当たるんじゃないかと」

利平は大仰に首を振った。

「それはすまんの。あと四、五年もたてば安うなろうし、十年もたてば庶民の酒になるはずじゃけん、それまで我慢をの」

本当にすまなそうに久成はいった。

「滅相もございやせん。それで旦那は、ビールのほうを辞めてからは、どこへ」

久成の顔を真直ぐ見てきた。

「行雲流水……雲水の衣に身を包んで、日本中を乞食行脚《あんぎゃ》でな。毎日腹を空《す》かせておったが、何とか生きるぐらいはできもした。銭が一文もないときは、そこいらの畑の物を黙っていただいて、百姓衆に追いかけられたこともありもしたな」

と面白そうに久成はいう。が、あれはあの悲惨な軍で死んでいった者への冥福と懺悔《ざんげ》の行脚であることを志方は知っている。

おそらくは久成がイギリスで体験したキリスト教の影響もあったはず。宗教の垣根を越えた思いを墨染めの衣に託し、久成は血反吐《ちへど》を吐く思いで諸国を巡っていたはずだ。

「それだけのことを成しとげたお方が、乞食行脚でございやすか、それはまた」

絶句する利平に、

「それで、のたれ死にをするところを、そこの志方殿に救われて、今は薩摩と長岡の垣根を越えた刎頸《ふんけい》の友になっちょるのう」

楽しそうに久成はいった。

とたんに利平が、その場に平伏した。

「そんな先生方を偉そうに呼びつけたりしまして、まことに汗顔の至り。まことに申しわけございやせん。この上は――」

利平は二人の顔を交互に見て、

「仲仕はやめていただいて、この家の客分ということでゆっくり余生を」

といったところで久成が叫んだ。

「それはなりませんぞ、利平殿。我ら二人の生涯は行《ぎょう》のようなもの。働いて食い、食って働き、そしてまた、働いて食う。これさえできれば嬉しい限りで、その上を望むことなどはありもはん」

久成のこの言葉を聞いて、志方の胸に「ああっ」という情けない思いが湧いたが、これではいかんと身を引きしめる。何だか段々、久成に似てきたようだとも思う。

「それは失礼いたしやした。なら、困ったときにはいつでもということで」

利平は鷹揚にうなずいた。

この帰り道――。

「あんな状況では、篩のほうは当然駄目だったろうな、久成さ」

何気なく志方が訊くと、意外な言葉が返ってきた。

「兆候はあった。体の芯で何かが動きよった」

「何かが動いたって、それは本当に箍の外れる、前兆なのかなし」

叫ぶように訊いた。

「そうだと思う。あれは確かに兆候じゃ」

静かな声で久成はいった。

「それが、兆候だとして。今度箍が外れると、久成さはいったい、どうなるんじゃ」

まくしたてるようにいった。

「さあ、どうなるんじゃろうな——そんなこつより、明日の朝は新吉どんを仕事に誘ってやらんとな」

さっさと歩き出した。

その夜、志方は久成の箍のことを考えた。

いったいあれは何か。おそらく何かの現象の比喩のようなものだとは思うが、それは何なのか。志方は頭を振り絞る。

人間の心の奥を縛っている何か、あるいは小さなころに受けた心の傷を癒すもの、またあるいは、畏れ慄《おのの》く心を解き放つ呪文の類い。信じ難いことだが、神仏の囁《ささや》きということも考えられるが……すべて合っているようにも、違っているようにも思えた。

では他にはと意識を集中させるが、さっぱりわからない。わからないが、久成が現に箍という物を体験し、重要視しているのは確かなことだった。これは否定できなかったが、やはり、きちんとした答えは出なかった。

新吉は、けっこう働き者だった。

おかよとの祝言が懸かっているのだから当然ともいえたが、それを差し引いても、泣き言ひとつついわず荷物を担ぎつづけた。

その夜は『さのや』で、ささやかな祝いの宴となった。さすがに新吉は疲れた様子だったが、顔はちゃんと笑っている。

「おおきに、ありがとさんでした、源さんに久さん。新吉さんの話やと、下田組の親分は二人にぞっこんやそうで、何でも客人になってほしいていうたら、久さんにあっさり断られてしもたと、嘆いてたそうやけど」

おかよの弾んだ言葉に、

「そうじゃの。人間は簡単に他人に甘えたらいかんべ。そうしたとたんに駄目になってしまう、弱い生き物じゃかんな」

ほんの少し後ろめたさを感じつつも、しっかり志方はいう。

「えっ、じゃあ私たちも、源さんたちに甘えたら、あかんのん。そうなるの」

おかよが心配そうな声をあげた。

「おかよちゃんたちは、いいたいね。まだ若いけんに。どんどん年寄りに甘えりゃあ、いいたいよ。そして、おかよちゃんは新吉に、新吉はおかよちゃんに甘えて、ばたばた喧嘩しながら暮していけば、いいたいよ」

久成の言葉に「うん」とおかよは素直にうなずき、新吉もぺこりと頭を下げる。

「ところで新吉、お主本当に仲仕の仕事でいいのか、他にやりたいことはないのか」

志方は新吉に念を押す。

「あっしは不器用ですから、なかなか他の仕事は。仲仕の仕事でけっこうです」

「おかよちゃんは、それでいいのか」

おかよのほうを向くと、

「いいですよ。子供ができたら、その頭をはたきながら、亭主の尻を蹴とばして仕事に行かせ、みんなでワーワーいいながら暮します。私も体の動く限り働くつもりですし」

やけに真剣な顔で答えた。

「新吉、お前、いい嫁御をつかんだの」

久成がしみじみとした調子でいった。

「そやから新吉さん。これからも源さんと久さんにしっかり指導してもらって。源さんは喧嘩の名人やし、久さんはビールとかいう突拍子もないものをこしらえた人やし」

と、おかよが発破をかけたところで、

「それなら、みんなで乾杯でもしようたいね」

久成が笑いながらいって、猪口に手を伸ばした。珍しく「乾杯」と大声をあげて久成は音頭を取り、四人は一斉に猪口を目の上にかかげる。

「それからな、おかよちゃん」

酒を飲み干してから、久成が明るい声をあげた。

「源吾さはいいが、わしはもう、お迎えがきとる身じゃけん、当てにはせんほうがの」

「えっ、なんやねん、それ。久さん——病気なんか、どっか具合、悪いねんか」

おかよが驚きの声をあげた。

「病気でもないし、体も元気じゃけんが。元気だからといって、死なないわけでもないし、病気だからといって、死ぬわけでもない。要はそのときが、くるかこないかというだけじゃけん」

はっきりした口調で久成はいう。

「そのときって、何。久さん」

「それはまあ、寿命のようなもんじゃのう」

おどけたようにいう久成に、

「なんや、そんなことか」

おかよは、まったく信用していないようだが、志方の胸は騒いでいた。

帰り道、志方は久成にぽつりと訊いた。

「いよいよ、箍が外れるのか」

「どうやらそうらしい。そして、今度箍が外れるときは、わしが死ぬときじゃけん。そのときは源吾さ、そっとしておいてくれるか。わしの願いは、のたれ死にじゃけんね」

はっきりと久成はいった。

それだけいって口を引き結んだ。


久成がいなくなったのは、それから三日後。

朝起きてみると久成の姿はなくなっており、卓袱台の上に二通の手紙と同田貫が置いてあった。

一つ目の手紙には――。

『箍が外れたので、これはもう用がなくなった。自然に死んでいけそうじゃ。じゃけん、これを売ってビールを飲んでくれ。ビールはうまいぞ、源吾さ』

「ビールって、久成さ……」

志方の目頭がふいに熱くなった。久成が初めて札幌産のビールを飲んだときの様子が目に浮んだ。黒田からもらった一本だ。それを自分の宿舎に大切に持って帰り――。

「苦みは強かったけんが、まろやかじゃった。それが喉の奥にどんどん流れこんで、おいは泣いたぞ源吾さ。泣きじゃくって、おいは飲んだぞ。うまかったなあ、あれは」
こう話してくれたときも、久成の両目は潤んでいた。
二通目の手紙には、何やら訳のわからないことが書いてあった。
『しゃかりきになって
働かせてもらい
しゃかりきになって
遊ばせてもらい
あとはなあも
真白けじゃなあ』
熱くなった目で志方は手紙を睨みつづける。
どうやら辞世の句のつもりらしいが……学のある久成なら、ちゃんとした句が残せそうなものを、これは。
少しして新吉がやってきた。
手紙を見て表に飛び出していき、すぐにおかよと一緒にやってきた。
「源さん――」
おかよは叫んで、手紙を手に取った。

「この前、久さんがいったことは、本当やったの？」

目を潤ませていった。

「この難しい字は何て読むんや。私は学がないからわからへん」

「これはタガじゃ。桶をしめるタガじゃ」

「なんで箍なの、意味わからへん」

おかよの問いに、久成の箍にまつわるあれこれを、志方はざっと話してやる。

「そんなことがあったの、久さん」

涙をすすりながらいうおかよに、

「なあ、おかよちゃん。久成さのいう、箍って何のことかわかるかいね。いくら考えてもわしには何のことか、さっぱりなんじゃ。わかるんなら教えてくれんかいね」

志方も涙をすすりあげた。

「箍は……」

おかよはちょっとつまってから、叫ぶようにいった。

「箍は箍や。他に意味なんか、あらへん」

新吉が大声をあげた。

「どうしますんや。探さんでいいんですか」

「のたれ死にさせて、やろうじゃないか。ゆっくりさせて、やろうじゃないか」

首を振りながら自分にいい聞かすように呟き、

「箍は、箍か……」

はっきりした口調で志方はいった。


明治二十五年、九月末――。

村橋久成は神戸市葺合村《ふきあいむら》の路上にて、昏睡《こんすい》状態で発見される。その後病院に運ばれるも、死亡が確認。所持品は、ほとんど見あたらず。

久成の死を知って最初に動いたのは黒田清隆だった。黒田は荼毘《だび》に付された遺骨を引きとり、四方八方に手を回して久成の葬儀一切を取りしきった。

提出された久成の検死報告書の末尾には、こう書かれてあったという。

自然死なれど顔に苦痛のあと無し、極めて柔和なり。

解説

末國善己

薩摩《さつま》藩の外交と経済を支え、維新後は大阪の商工業の発展に寄与した五代友厚《ごだいともあつ》は、NHK連続テレビ小説『あさが来た』でディーン・フジオカが演じ、一躍、知名度をあげた。幕末に五代は、富国強兵のためにはヨーロッパへの留学が必要との上申書を薩摩藩に提出。まだ幕府が海外渡航を禁じていたが、薩摩藩は留学生の派遣を決め、一八六五年に、五代ら引率係四名を含む計十九人の藩士をイギリスへ送り出す。ロンドン大学で学び始めた若者たちは、イギリス人に〝サツマ・スチューデント〟と呼ばれた。

幕末維新史を専門とする歴史学者の犬塚孝明の『薩摩藩英国留学生』には、〝サツマ・スチューデント〟の帰国後の活躍がまとめられている。各分野で近代日本の礎《いしずえ》を築いた留学生たちは、「博物館の創立者――町田久成《まちだひさなり》」「教育に賭けた生涯――畠山義成《はたけやまよしなり》」「外交官の嚆矢《こうし》――鮫島尚信《さめしまなおのぶ》」「理財家として活躍――吉田清成《よしだきよなり》」「海軍一徹主義――松村淳蔵《まつむらじゅんぞう》」「教育制度の改革と近代化――森有礼《もりありのり》」など的確な小見出しで紹介されているが、本書の主人公である村橋久成《むらはしひさなり》だけは「悲惨な末路」と書かれていた。

といっても、村橋は決して時流に乗れなかったわけではない。薩摩藩主・島津《しまづ》家一門の加治木《かじき》島津家の分家に生まれた村橋は、二二歳の時、五代の建白で実現した留学生としてイギリスへ渡る。ただ村橋は留学を自ら望んだわけではなく、辞退者の欠員として選ばれただけだった。そのため村橋は、わずか一年で帰国している。村橋が留学を打ち切ったのはカルチャーショックが原因とされているが、著者は従来とは違う解釈をしており、この急な帰国も後の人生に大きな影響を与えたとしている。

戊辰《ぼしん》戦争では加治木砲隊の隊長となった村橋は、東北各地を転戦。箱館《はこだて》戦争では二股《ふたまた》口《ぐち》で土方歳三《ひじかたとしぞう》率いる部隊と戦い、榎本武揚《えのもとたけあき》と降伏交渉を行うなど重要な役割を果たす。維新後は開拓使の官吏となり、葡萄酒《ぶどうしゅ》醸造所、製糸所と並び、本書のテーマにもなった麦酒《ビール》醸造所を建設しているので、エリート・コースを歩んだといえる。

村橋が作った麦酒醸造所は、サッポロビールの前身である。サッポロビールには星のマークがあるが、これは麦酒醸造所が製造した麦酒に、開拓使のシンボルとして使われた「北極星」を意味する北辰旗《ほくしんき》を受け継いだものである。

それなのに、なぜ村橋は「悲惨な末路」をたどったのか？　村橋の生涯を描いた歴史小説には田中和夫の労作『残響』があり、医師の高松凌雲《たかまつりょううん》を主人公にした吉村昭の『夜明けの雷鳴』にも、脇役ながら重要な場面に出ている。池永陽が新たに村橋に挑んだ本書『北の麦酒ザムライ』は、主に村橋の後半生に焦点を当て、ドロップアウトした理由や、その「末路」は本当に「悲惨」だったのかに迫っている。

明治中期。神戸港で仲仕《なかしゅ》をしている志方源吾《しかたげんご》は、襤褸《ぼろ》を着てうずくまっている中年男を見かけ声をかける。その男が村橋だった。戊辰戦争の時、官軍と戦い敗れた元長岡《ながおか》藩士の志方は、言葉から村橋が元薩摩藩士と気付く。恨みがあるのに、村橋の面倒を見始めた志方は、体が回復したら立ち合って欲しいと頼む。

薬丸自顕《やくまるじげん》流《りゅう》を学んだ村橋は、試合では簡単に打ち込まれたというが、最初の一撃だけは速く強いという。一方、馬庭念《まにわねん》流《りゅう》を学び、幕末は人斬りの異名で呼ばれた志方は、居合で対抗しようとする。最初の一撃を重んじる薬丸自顕流の遣い手で、さらに最初の一撃が強い村橋と、それを防ぐ方策を考える志方が激突する場面は圧巻で、『剣客瓦版つれづれ日誌』『用心棒日暮し剣』など剣豪小説の名作も多い著者の面目躍如といえる。貧しさゆえに真剣を売り払い、木太刀《きだち》も入手できなかった二人が天秤棒《てんびんぼう》で戦うなど、緊迫感の中にユーモアを織り込んでいるのも著者らしい。

この戦いで村橋と志方は意気投合し、一緒に暮らし始める。村橋がイギリスで飲んだビールの味が忘れられず、北海道に麦酒醸造所を作ったというと、志方は「貧乏人の口には生涯入らんような、珍しい酒」と感想をもらす。現代人には想像し難いが、明治時代のビールは庶民には高嶺《たかね》の花だった。物語が始まる一八九二年頃、ビール大瓶一本は十八銭。これは現代の価格に換算すると約三八〇〇円。同じ時期、志方のような日雇い労働者の平均賃金は一日十八銭。気軽に手が出せなかったことが分かるだろう。

村橋と志方は、可愛《かわい》い店員のおかよがいる飲み屋を贔屓《ひいき》にしていた。ある日、その店でヤクザ者が騒ぎを起こす。志方がいとも簡単に撃退するが、それを見ていた村橋は、こんな時こそ「箍《たが》」が外れて欲しかったが、今回も外れなかったと意味深なことを口にする。それから村橋は、「箍」が外れた過去をひとつひとつ思い出していく。

最初に「箍」が外れたのは、村橋が八歳の時。親戚の家に泊まっていた村橋は、山から聞こえる鉄砲の音に興味を持ち、親戚の新次《しんじ》・藤次《とうじ》兄弟二人と音の出所を探しに行った。山に入ると鉄砲の音が大きくなり、藤次は恐怖で泣きそうになる。そこへ作男を連れた郡方《こおりかた》の西郷吉之助《さいごうきちのすけ》（後の隆盛《たかもり》）が現れる。西郷は、猪《しし》を撃っていたという。

剛勇を好み、怯懦《きょうだ》を嫌う薩摩武士の新次は、自分たちが怖がったことを隠すため、自分たちは名家の出身であり、特にやんごとない村橋は、作男が撃った弾に当たるところだったと嘘《うそ》をつく。責任を取って作男を手討ちにしろと詰め寄る新次に、「人は愛するもの」と口にした西郷は、自ら切腹しようとする。その瞬間、「箍」が外れた村橋は、西郷の切腹を止めるため驚くべき行動に出るのである。

何不自由のない生活を送っていた村橋は、西郷ら下級武士が食うために狩りをしていることに驚くが、それ以上に、弱者を救うために平然と命を投げ出す西郷の「眩《まぶ》しさ」に打ちのめされてしまう。その後、村橋が西郷に会うことは数えるほどしかなかったが、日本には困窮する人たちがいて、上に立つ者は下の者を守らなければならないという西郷の教えは、村橋が成長するにつれて大きくなり、生きる規範にもなる。

村橋の想《おも》いは、札幌で高級娼婦《しょうふ》をしている会津《あいづ》出身の由紀《ゆき》とのエピソードでさらに強調されていく。官軍に抵抗し〝逆賊〟となった会津藩は、維新後、徹底した報復を受けた。北海道に流れ着いた元会津藩士の夫・村瀬礼次郎《むらせれいじろう》の公認のもと娼婦になった由紀は、村橋ら官軍の勝利が生んだ時代の犠牲者なのである。西郷の薫陶《くんとう》を受け、やさしさと思いやりを心に刻んだ村橋は、新政府の要職を独占した薩摩、長州《ちょうしゅう》の武士は、戊辰戦争で多くの人を不幸にした現実を直視しなければならないと肝に銘じる。

明治維新は、欧米列強の植民地にならず、日本を近代国家に生まれ変わらせた栄光の歴史とされる。だが由紀に象徴される敗者に目を向ける著者は、官僚が国の繁栄のためなら庶民を切り捨て、出世と金のためなら手段を選ぶ必要はないとの価値観を国民に植えつけた負の側面を掘り起こしている。一部の人間が富と権力を独占し、格差が広がる現代は、明らかに明治維新の延長線上にある。自分たちの改革は果たして正しかったのかと自問する村橋は、明治維新の再検討をうながし、日本はこれからも一五〇年前にできた社会システムを維持すべきなのか、それとも競争に敗れた人たちにも手を差し伸べる新たな制度を構築すべきなのかも問い掛けているのである。

由紀が〝負け組〟なら、〝勝ち組〟の象徴になっているのが村橋の上司・黒田清隆《くろだきよたか》だ。

下級武士から成り上がった黒田は、藩主の一門に連なる村橋に、薩摩藩に生まれたがゆえの拭いがたいコンプレックスを抱えており、努力と才覚で村橋より出世したことを誇りたい一方で、疎略に扱えないという二律背反をかかえている。こうした黒田の葛藤は、成果主義が導入され、年下が上司になることも珍しくなくなった現代の企業に近いかもしれない。そのため宮仕えの経験があれば、黒田はもちろん、給与や役職に不平をいわず仕事に取り組む村橋、組織内の権力構造を的確に読み取る世渡り上手な村橋の同僚の堀田《ほった》などの中に、必ず共感できる人物が見つかるように思える。

律儀で真面目《まじめ》との評判の村橋だったが、麦酒醸造所の建築場所だけは黒田の方針に逆らう。黒田は東京青山《あおやま》の官園《かんえん》（実験農場）に麦酒醸造所を作り、問題なく製造できたら北海道に移築、もしくは新築しようとしていた。これに対し村橋は、北海道は水がよく、気候も麦酒作りに必要なホップの栽培に適しており、東京と北海道に醸造所を作るのは二度手間と反論する。黒田の方針を気迫で撤回させた村橋が、ドイツ留学中に短期間で麦酒の醸造技術を習得した凄腕《すごうで》の職人ながら、くせ者で難題を持ち出してくる中川清兵衛《なかがわせいべえ》を説得するところが、前半のクライマックスとなっている。

麦酒醸造所の建築が始まると、村橋と中川は二人三脚で、工場完成を前倒しせよとの命令が届いたり、麦酒を発酵させる酵母がうまく働かなかったりと、次々と起こるトラブルを解決する方法を模索するので、『プロジェクトX』的な楽しさがある。

やがて、ある事件が引き金となって辞表を出した村橋は、諸国を放浪した後に神戸にたどり着く。村橋は生活の基盤を失ったが、神経をすり減らす組織からは解放された。明治から続く弱肉強食の社会が続く現代では、生存競争から脱落すると不幸になると考えられている。だが汚い手段で金を稼いだり、他人を蹴落としてまで出世したりすることは、果たして幸福なのだろうか。社会の常識に疑義を持ち、心の平穏を手にした村橋の後半生は、幸福とは何かを突き付けているだけに考えさせられる。

究極のミニマリストになった村橋のような人生は、なかなか選択できない。ただ村橋が、夢を実現するために自分一人で頑張るのではなく、次の世代に夢を託す〝捨石〟になる覚悟を持てば、気分が楽になると述べているように、著者は固定観念を変える方法や、新たな一歩を踏み出すヒントを作中にさりげなくちりばめている。その意味で、国是ともいえる立身出世主義に背を向けた村橋を取り上げた本書は、同じように厳しい時代を生きる読者へのエールになっているのである。

村橋が人生で何度か外れたと言う「箍」は、乾坤一擲《けんこんいってき》の勝負や難しい選択のメタファーのように感じられた。村橋は、ここで「箍」が外れて欲しいと考えながらも外れないという経験を繰り返すが、この展開は「箍」など外れない方が、人は幸せになれるとのメッセージだったように思えてならない。

（すえくに・よしみ　文芸評論家）

本書は、集英社文庫のために書き下ろされた作品です。

池永陽の本

コンビニ・ララバイ

妻子を亡くした幹郎が経営するコンビニ・ミユキマート。店には傷ついた人が集まり、そこでの交流を通していつしか癒されていく。本の雑誌が選ぶ2002年上半期ベスト1作品。

池永陽の本

でいごの花の下に

死をほのめかすメモと使い切りカメラを残して、姿を消したカメラマンの恋人を追って、燿子は沖縄にやってきた。彼の故郷の地で、秘められた男の過去が浮かび上がる！

集英社文庫

池永陽の本

水のなかの螢

堕胎した子に捧げるような文章を書いた少女。同様の経験を持つ僕は、彼女に惹かれてゆくが、ダイナマイトでの心中を持ちかけられ……。心やさしき人々の、哀切で純粋な愛の物語。

集英社文庫

北《きた》の麦酒《ビール》ザムライ　日本初《にほんはつ》に挑戦《ちょうせん》した薩摩藩士《さつまはんし》

2018年3月25日　第1刷　　定価はカバーに表示してあります。

著　者　池永《いけなが》　陽《よう》

発行者　村田登志江

発行所　株式会社　集英社
東京都千代田区一ツ橋2-5-10　〒101-8050
電話　【編集部】03-3230-6095
【読者係】03-3230-6080
【販売部】03-3230-6393（書店専用）

印　刷　大日本印刷株式会社

製　本　大日本印刷株式会社

フォーマットデザイン　アリヤマデザインストア　　マークデザイン　居山浩二

ISBN978-4-08-745720-9 C0193